Série
L'Œil du Diamant
Lios-Art ©
Romans Fantasy

Édition ScriptoSeptique ©

Série : L'Oeil du Diamant

Saga

La première Dragonnière

-

Vision du Passé

Écrit par :

Lios-Art

(Aka : L. Bourgeois)

Illustration de la couverture par l'Auteur

Série : L'Oeil du Diamant
Saga : La première Dragonnière :

Vision du Passé — Tome 1
3e édition Février 2021
L'Horizon — Tome 2
1re édition Avril 2021
Le Déploiement — Tome 3
1re édition Avril 2022
Écho de la Nuit — Tome 4
1re édition Janvier 2023.

Saga : La Saga Des Jumeaux :

La Prophétie — Tome 5
1re édition Août 2023

La Rencontre du Destin — Tome 6
1re édition 2024

www.Lios-art.com

Admin@lios-art.com

Nouvelle couverture Édition : 2025

9 781777 062446

❦ *Dédicace* ❧

Je dédicace ce roman à ma femme que j'aime de tout mon cœur.

&

Je la remercie pour son soutien dans ma carrière d'artiste & d'écrivain.

❦ Remerciement spécial à : ❧

Ma mère Mme H.Laflamme
&
Ma femme Mme J. Carbonneau
&
Mon amie Mme M. Lafond

Pour avoir aidé à la correction de ce tome 1.

www.Lios-art.com
Admin@lios-art.com

Index

Prologue

Dans un univers parallèle au nôtre se trouve un monde des plus mystiques. Bien qu'ils ressemblent à nous en forme humaine et en désirs de toutes sortes, les habitants de la planète Dritarinus sont à mille années-lumière en termes de connexion avec leur environnement. Sur trois vastes continents, les Drumains (humains) sont issus de diverses origines. Ils entretiennent des liens étroits avec différentes races de créatures. Selon les légendes remontant aux temps anciens, un enfant des dieux aurait été envoyé dans un système vide pour apprendre et expérimenter la réalisation de mondes et d'univers. Cependant, lorsqu'il fut l'heure pour lui de partir, il aurait accidentellement libéré l'essence de la vie qu'il avait conservée dans un flacon. Cette substance céleste, qui n'était pas destinée à être utilisée pour cette maquette divine, se répandit sur tout ce qu'il avait créé, mélangeant ainsi la nature originale des Drumains avec les autres créatures. Des créatures telles que des dragons, des licornes, des griffons et bien d'autres furent à jamais liées aux Drumains, partageant leur couleur de peau, leurs émotions et même leur souffle de vie.

La combinaison des races de Drumain et des animaux a eu des conséquences étonnantes : certaines naissent main dans la main, d'autres vivent comme un seul être et d'autres encore meurent inévitablement ensemble. À l'exception de cas très rares, une race de créature ne pourrait pas survivre une seconde de plus si tous les Drumains partageant une étroite connexion avec ce type précis de créature venaient à disparaître.

On dit qu'une minorité a été épargnée par ce métissage entre les Drumains et les créatures, mais sans aucun lien particulier. Ces individus, qui naissent sans être liés à une autre créature, sont considérés comme faisant partie de la sous-espèce des "bâtards" ou des "sans-appartenances". En majorité, ils deviennent des serviteurs des familles ou des souches estimées comme supérieures dans ce mélange divin. Ils ont échappé à un accident des dieux, mais la vie ne les épargne pas pour autant.

Introduction

La Forge

C'est lors de cette journée ensoleillée d'automne, à peine levée, dans le coin le plus reculé de ce monde où ni guerre ni bruit n'ont retenti depuis un millénaire, que tout va se décider. Si vous écoutez attentivement, vous pourriez percevoir un bourdonnement sourd et constant qui dure depuis quelques mois. Au cœur du domaine, de la famille du Firmament Astral se trouve un atelier des plus étranges… Peu de gens ont eu la chance d'y entrer. Personne ne se doutait même qu'un événement était sur le point de changer le cours du combat qui continuait depuis bien trop longtemps, à l'ouest.

Les passants pouvaient déjà apercevoir de la fumée s'échappant de la cheminée de la forge et entendre le bruit des marteaux résonnant de l'autre côté des deux grandes portes en bois fabriquées à partir d'un arbre de dragonnier. D'un simple coup d'œil, n'importe qui aurait immédiatement remarqué qu'elles dataient de plusieurs générations, avec leur teinte acajou vieillie, leurs lattes craquelées et leurs dix énormes charnières rouillées par le temps. Ces immenses portes massives avaient cependant une caractéristique récente… Au centre de l'une d'elles, on pouvait observer un heurtoir magnifiquement forgé, incarnant une tête de dragon sortant d'un cerceau tel une étoile filante. Dans la gueule de la créature, on distinguait un bâton sur lequel étaient représentées deux mains et deux pattes de dragon. À chaque extrémité se trouvaient les pattes du dragon, et au milieu, les deux mains. Chacune tenait un objet différent. La première patte de gauche tenait un marteau de forge, symbole du travail et de la force. Ensuite, la première main, près de la gueule du dragon, tenait une branche de l'arbre du dragonnier, symbole de la famille et de l'amour. Sur le côté droit de la gueule du dragon, se trouvait une deuxième main tenant un bouclier en forme d'aile de dragon, synonyme de protection et d'amitié, suivie de la dernière patte de dragon, à la bordure droite, qui tenait une corde en forme de huit, symbole de l'infini et de la connaissance.

Avec un mouvement fluide, une patte de dragonne saisit délicatement le marteau du heurtoir et le souleva. Elle ouvrit simplement ses serres et le marteau redescendit, activant ainsi un mécanisme des plus sophistiqués, étant donné que ce n'était qu'un heurtoir. Au moment où le marteau frappa la porte, la main tenant la branche forgée s'éleva et retomba à son tour pour cogner sur la porte, et il en fut de même pour l'autre main et l'autre patte de dragon. Dans un mouvement aller-retour, le mécanisme fit rebondir les ornements de manière aléatoire, produisant de facto une douce mélodie.

Une voix féminine forte retentit de l'autre côté de la porte. "NON et NON… Qu'est-ce qui ne fonctionne pas encore?... Pourtant, cela devrait être si simple…" Puis le silence s'installa, plus aucun bruit ne se fit entendre. Personne n'apparut à l'entrée. Après quelques secondes, la dragonne décida de s'introduire à l'intérieur.

Dans un grincement aigu, la lourde porte qui semblait peser des tonnes s'ouvrit avec une grande légèreté. L'ouverture laissa filtrer un rayon de soleil et une brise d'automne qui pénétra dans la pièce. Dans la lumière matinale, on pouvait voir une fine poussière se soulever du sol en bois massif, marqué, éraflé et creusé par le temps. Le local, de plusieurs centaines de coudées de long, aurait pu servir de salle de réception tant elle était vaste et majestueuse. Les murs de pierre gris et blanc étaient ornés de centaines de sculptures et de hiéroglyphes de toutes sortes, réalisés avec minutie au fil des siècles. L'ambiance était chaleureuse, mais partiellement sombre, principalement due à la lumière filtrée par seulement quatre grandes fenêtres étroites et aux centaines de chandelles qui semblaient ne jamais s'éteindre. On pouvait les voir soit dans des chandeliers fixés sur les vingt piliers de chaque côté de la salle, soit dans les trente plafonniers en cuivre et en or finement ouvragés, judicieusement suspendus à une hauteur de cinq longueurs d'homme du sol.

Au fond de la pièce se trouvait une immense forge, digne des plus grands forgerons du monde. Sculptée dans la pierre, la cheminée était une représentation de deux dragons entrelacés, avec la bouche ouverte et tournée vers le ciel. De la bouche de la bête de gauche sortait une colonne ressemblant à un flux de lave taillé dans la pierre volcanique rouge. Quant à celle de droite, on pouvait clairement voir le flux de glace sortant de sa mâchoire, ciselé dans un cristal qui s'étendait jusqu'au plafond. Le sculpteur talentueux qui avait façonné cette forge entière à partir d'un seul rocher aurait été incapable de reproduire deux fois la même œuvre, tant les éléments de l'œuvre s'harmonisaient magnifiquement ensemble. Lorsqu'on la contemplait, on aurait presque dit que la forge n'avait pas été sculptée dans la pierre, mais que la pierre s'était elle-même façonnée dans cette forge…

Au centre de la pièce, une multitude de bureaux, de tables et d'établis étaient disposés. Depuis l'entrée, il était difficile de discerner tous les éléments présents, tant le feu de la forge brillait intensément. Tous les meubles étaient remplis d'outils de toutes sortes, de livres de différentes natures, de manuscrits transmis de génération en génération, ainsi que d'une abondance d'autres objets, tous très différents les uns des autres… C'était comme si la pièce était à la fois une forge, un atelier, un laboratoire, une bibliothèque et un musée, tout-en-un, réunissant différents univers au même endroit.

Chapitre 1

La Déception

Avec la légèreté d'une feuille portée par le vent, la dragonne se glissa à travers l'ouverture de la porte. Seuls les grincements de ses serres tranchantes, semblables à des lames, se firent entendre lorsqu'elle frôla le sol à chaque pas. Seul un observateur averti aurait pu remarquer sa présence en ces lieux. Avec l'agilité d'une main, elle atteignit la poignée de l'entrée du bout de sa queue. Doucement, elle la referma derrière elle sans faire de bruit, et la porte se verrouilla. Seule une personne habituée à sa présence aurait pu croire qu'une créature aussi grande et musclée puisse faire preuve d'une telle aisance et d'une pareille finesse.

Au centre de la pièce, n'ayant pas encore pris conscience de l'arrivée d'une autre présence, toujours concentrée sur son travail et se parlant à haute voix, Tamira dit : "NON, NON, NON, je le sens, j'y suis presque, j'en suis sûre, je le sens."

Soudain, elle sursauta, mais resta immobile, craignant de perdre de vue ce qu'elle était en train de faire. Entendant une voix mielleuse qu'elle reconnaissait bien, lui lancer : "Ce que tu dois sentir, c'est le petit-déjeuner, ma chère Tamira!"

"Non, ce n'est pas ça... Pas du tout, même!" répliqua-t-elle sans lever les yeux, comme si elle se parlait à elle-même, mais sa réponse s'adressait autant à elle-même qu'à son interlocutrice.

La dragonne s'approchait progressivement, et elle pouvait mieux distinguer la silhouette de Tamira se détachant dans l'éclat du feu de la forge. Tout en avançant, elle dit : "Je vois que tu t'es encore levée aux aurores pour travailler sur tes projets... Et laisse-moi deviner... D'après ce que je ressens, tu n'as toujours pas pris le temps d'avoir un bon petit-déjeuner." Arrivée près du premier établi, la dragonne s'arrêta pour s'asseoir sur ses pattes arrière. Elle pencha légèrement la tête sur le côté et reprit d'une voix mielleuse, comme si ces mots étaient les mêmes depuis des années : "Tu sais ce que ton père dit toujours..."

La dragonne, résumant son mouvement, s'approcha suffisamment près pour que Tamira et elle ne soient pas incommodées par la luminosité du feu. C'est alors que Tamira la vit pour la première fois depuis son arrivée.

Noxys, qui était environ deux fois plus grande que Tamira lorsqu'elle était assise sur ses pattes arrière, était resplendissante en cette matinée. Sa couleur mauve, légèrement plus foncée que celle de sa cavalière, semblait danser à la lueur des flammes. La dragonne paraissait être d'humeur très enjouée, ce qui était facilement observable chez les dragonnes. En effet, la pigmentation des écailles autour de leurs yeux pouvait changer de teinte en fonction de leur état d'âme, passant d'une nuance sombre presque noire à des couleurs uniques, arrangées de manière harmonieuse pour chaque individu, créant ainsi l'apparence d'un maquillage soigneusement appliqué. Leur tête reptilienne allongée ressemblait à celle d'un serpent, mais avec un front allongé qui dépassait l'arrière de la tête. Habituellement, de petites cornes, également appelées stalagmites, se trouvaient au niveau des sourcils et se prolongeaient horizontalement. Une série de pointes, semblables à des stalactites, descendaient le long du cou, s'arrêtant à mi-chemin entre le dos et la nuque, laissant suffisamment d'espace à un cavalier pour s'y glisser.

Juste en dessous de la hauteur des épaules, à une distance uniforme de chaque côté du dos, gisaient deux grandes ailes coriaces. Lorsqu'elles étaient entièrement déployées, elles pouvaient atteindre jusqu'à deux fois la longueur du dragon. Elles formaient naturellement une surface d'appui pour les cuisses du compagnon qui pourrait les utiliser ainsi que le creux sous l'arrière de la clavicule des pattes avant pour y loger ses pieds afin de ne pas tomber pendant les déplacements. De chaque côté de sa longue queue, on pouvait voir des piques souples qui facilitaient les manœuvres acrobatiques. Ironiquement, on les appelait les stalactites. Les stalactites de Noxys s'harmonisaient avec les couleurs argentées de la marque de naissance de Tamira.

Le bout de la queue pouvait varier en forme et en taille, celui de Noxys avait une pointe allongée en forme de cœur. Son corps était recouvert de petites écailles, à l'exception des ailes et du ventre. Partant de la base de la mâchoire et longeant tout son thorax jusqu'à l'extrémité de la queue, il y avait ce qu'on appelait la "muraille". Il était constitué de deux rangées d'écailles plus larges qui formaient un plastron très dur. Chez les mâles, il ressemblait à une longue travée d'abdominaux, tandis que chez les femelles, au niveau du poitrail, il composait une structure similaire à des seins sans mamelons, comportant une plus grande quantité d'écailles pour mieux épouser leur forme.

Noxys n'avait rien à envier à Tamira. En tant que dragonne, elle était tout aussi resplendissante et bien proportionnée, à l'exception peut-être de sa musculature qui était nettement plus développée que la moyenne des femelles de son âge. Cela était très certainement dû aux longues heures passées à s'entraîner aux côtés des autres enfants de la famille, en compagnie de sa cavalière.

Tamira la regarda sans sourciller pendant quelques secondes, puis elle s'arrêta subitement de travailler. On aurait dit qu'elle venait de se rendre compte qu'elle n'était pas seule. Tamira adopta une pose naturelle, comme si elle avait été mannequin toute sa vie. Elle redressa toute sa silhouette féminine parfaitement proportionnée face à sa visiteuse, glissant le tournevis de sa main droite dans sa ceinture et posant sa main gauche sur sa hanche. Elle bascula simultanément sa tête en arrière, propulsant sa longue chevelure argentée vers l'arrière, descendant jusqu'au bas de ses fesses. Ses cheveux étaient parsemés de mèches mauve foncé, créant un scintillement semblable à un ciel étoilé, reflétant la lueur des flammes. En dévoilant son visage d'une beauté peu commune, on pouvait observer un dessin sur le côté gauche qui pouvait évoquer un tatouage tribal argenté, mais qui était en réalité une marque de naissance, une caractéristique exceptionnelle dans ce monde. Tamira inclina la tête du même côté que son interlocutrice, affichant une expression sérieuse. Elle leva sa main droite, pointant la dragonne du doigt d'un air autoritaire. Tout en faisant aller son doigt de haut en bas, elle fusionna sa voix avec celle de la dragonne, créant une harmonie vocale, et dite en même temps qu'elle…

"Tu sais ma fille, le petit-déjeuner est le repas le plus important de la journée..." Puis Tamira ajouta, montant les deux mains à la hauteur des épaules, les paumes ouvertes, avec un grand sourire et une expression interrogative. "Tu me connais trop bien, Noxys..." D'un coup de talon, elle se retourna pour se pencher au-dessus d'un vieux manuscrit en cuir posé sur l'un des bureaux en noyer à proximité, tout en saisissant une plume pour prendre des notes dans le carnet ouvert juste à côté, et dit : "Mais ce que je fais pourrait changer le cours de l'histoire si je réussissais..." D'un geste vif, elle leva les deux mains et tapa sur le meuble, faisant involontairement tomber l'une des nombreuses piles de livres empilées sur le dessus... "Awwwww..." Se retournant brusquement, ses vêtements flottant avec grâce, comme des morceaux de soie se mouvant lentement dans le souffle du vent. Sa longue jupe d'un bleu ciel délicat, confectionnée avec les soies les plus fines, était brodée de motifs royaux typiques de sa famille. Les fils de broderie provenaient des toiles d'araignée les plus raffinées du pays. D'une couleur blanche scintillante d'or, sa jupe était ouverte du bas de la hanche gauche jusqu'au centre du genou droit, en avant et en arrière, laissant entrevoir la moitié de ses longues jambes. Chacun de ses mouvements était accompagné d'un doux bruissement soyeux, le tissu étant léger comme l'air... Elle reprit : "J'y suis presque... Je le sens au plus profond de moi, Noxys... Il ne me reste qu'à mettre le doigt sur ce qui manque... C'est..." Elle prit une pose, ses yeux étincelants d'un vert-bleu clair emplis d'espoir, mais une larme se sauva et glissa le long de sa joue parfaitement lisse, sans rencontrer d'obstacle, telle une goutte d'eau suivant le parcours d'une feuille, avant de vaciller au bord de son menton. "C'est un détail, j'en suis sûre…" dit-elle d'un ton plus calme, se retournant pour prendre de nouvelles notes dans son carnet. Deux mots s'échappèrent de ses lèvres délicates, à peine audibles, comme un souffle : "Un détail."

Après une courte pause, elle se redressa comme si rien ne s'était passé ni dit, puis se retourna. "Bon, allons manger, Noxys. Qu'en dis-tu?"

La dragonne se releva sur ses quatre pattes et répondit avec enthousiasme : "Je n'aurais pas pu souhaiter mieux."

Fronçant les sourcils, Noxys regarda Tamira et l'examina d'un air désapprobateur. Elle lui lança : "Ne crois-tu pas que tu devrais passer par nos quartiers pour te changer? Je ne crois pas que père approuverait l'état dans lequel ton bustier, qui a fait la guerre, à je ne sais pas quel outil ce matin et qui a subi quelques lacérations…"

"Tu as tout à fait raison, en effet. Mais où avais-je la tête pour porter ce bustier en cuir d'Orquino d'une telle valeur pour travailler? Père me gronderait, s'il voyait ce que j'en ai fait…"

Sortant toutes deux de la forge, Tamira se retourna vers Noxys et lui dit : "Part devant, je vais prendre soin de ma tenue et je te rejoins aussitôt pour le petit-déjeuner."

En guise de réponse, la dragonne inclina légèrement la tête, puis elles se séparèrent et prirent chacune leur chemin.

La journée était splendide. Un soleil encore jeune inondait la cour intérieure du domaine, ses rayons se faufilant à travers les branches des arbres. Cela semblait surnaturel à chaque fois en cette période de l'année. Les arbres les plus grands formaient une enceinte autour de la cour, et leurs feuillages commençaient à changer de couleur, passant du vert au jaune puis au rouge… Le long des chemins, des saules pleureurs aux feuilles roses alternaient avec des arbres dragonniers dont le feuillage perdait sa pigmentation pour laisser place à des teintes allant du blanc clair à la transparence. Leurs branches étaient ornées de petites fleurs d'un magnifique bleu pâle, qui, au moindre souffle de vent, libéraient quelques pétales, créant l'illusion d'une petite neige bleue tombant au sol. Le vent portait un doux parfum émanant des longues fleurs situées au pied des arbres, qui ne fleurissaient qu'à cette période de l'année. Leurs grandes tiges d'un bleu de nuit se présentaient en spirale au bout d'une pousse, et au fil du temps, elles se déroulaient entièrement pour atteindre leur pleine taille. Elles étaient parsemées de minuscules trous d'où s'échappait la fragrance, et à leur extrémité se trouvait une sorte de petit pinceau à poil blanc. À maturité, elles touchaient la hauteur mi-cuisse de Tamira. Elles étaient les messagères de l'automne et annonçaient l'intensité de l'hiver à venir. Plus la teinte était foncée, plus la senteur était puissante, signe d'un hiver mordant. Mêlée aux arômes épicés des fleurs de dragonnier, il suffisait d'ouvrir la bouche pour avoir l'impression de goûter à un pain d'épice mielleux sur le bout de la langue…

Cette année, elles promettaient une saison particulièrement froide, en témoignait la couleur très sombre des tiges et leur parfum exceptionnellement fort… Tamira aurait sans doute remarqué ces signes si elle n'avait pas été si absorbée dans ses pensées. Loin de tout, perdue dans ses réflexions, elle se dirigeait machinalement vers ses appartements sans même prêter attention à son trajet. Heureusement, sa connaissance du domaine lui évitait de se perdre ou de prendre un mauvais chemin, tant son esprit était préoccupé.

De son côté, Noxys se dirigeait vers les cuisines. Elle essayait de comprendre l'engouement récent de Tamira pour les anciens manuscrits et les recherches ancestrales, qui n'avaient jusqu'à présent donné lieu à aucune découverte ou invention fonctionnelle.

"Cela n'a aucun sens", marmonna-t-elle avant de replonger dans ses pensées.

Toute cette frénésie avait commencé il y a six mois, au moment où Tamira avait révélé accidentellement une voûte secrète dissimulée derrière la forge. En réalité, cette voûte n'était pas véritablement secrète. Certes, elle était dissimulée, même très bien dissimulée, oubliée depuis des lustres, mais, Noxys refusait de la considérer comme un véritable secret. Comment pouvait-on parler de secret lorsque ce qui s'y trouvait dissimulé était constitué de livres et de manuscrits de peu, voire aucune valeur, à part le fait qu'ils étaient des documents historiques rédigés par les anciens dirigeants de la famille? se demandait-elle. Chaque matin, Tamira se levait, ruait à la forge pour les lire, les étudier, réaliser tous les tests qui y étaient décrits. Elle prenait des notes, analysait les résultats et modifiait les composants mentionnés pour effectuer de nouveaux essais.

Ne portant aucune attention à son environnement ni aux personnes qui l'entouraient sur son chemin vers les cuisines, Noxys était plongée dans ses réflexions. À voix haute, elle s'exclama : "Mais quelle perte de temps!"

Soudain, une voix surgit de nulle part. "Une perte de temps est toujours relative, reste à voir si le temps qu'on emploie fait du mal ou du bien."

Surprise, Noxys releva le menton afin de découvrir son interlocuteur. Sur le palier en marbre d'une des entrées du manoir se tenait le vieux dragon. Il était allongé sur le dos, ses quatre pattes en l'air, les serres pétrissant le vent. Sa tête était penchée en arrière, suspendue dans les marches, lui conférait une drôle d'expression. Loin d'avoir l'air sage, il avait plutôt un air fou, avec ses yeux exorbités, un sourire en coin, mâchouillant sa barbiche. Son regard était fixé directement sur Noxys, qui jusqu'à présent n'avait pas réalisé qu'elle était observée.

Surprise par la position peu orthodoxe d'Avalon, Noxys tourna la tête pour pouvoir l'observer dans les yeux, dans la même position.

Perplexe, Noxys demanda : "Mais que faites-vous?"

"Je fais prendre un bain de soleil à mes vieilles cicatrices. L'hiver approche et le temps va se refroidir, à en juger par les couleurs des Hivernas aux pieds des arbres", répondit Avalon.

Les rivalités entre certains clans avaient toujours existé, et il n'était pas rare que les dragons et les dragonniers se battent, voire entrent en guerre pour défendre leurs biens, leurs territoires et surtout leur famille. Les nombreuses cicatrices sur les écailles d'Avalon témoignaient de sa participation à d'innombrables combats. Soit cela où il avait dû avoir eu énormément de difficulté à apprendre à voler et avait trop souvent effleuré les piques des arbres. Sa réputation n'était plus à faire depuis belle lurette et si l'on se fiait aux histoires, c'était loin d'être le pique des arbres qui lui avaient infligé toutes ses balafres.

Tamira s'arrêta d'un coup sec. Elle était enfin parvenue à l'entré dans ses quartiers. Deux grandes portes fermées en bois dont chaque planche était reliée les unes aux autres par une plaque dorée ornaient l'entrée. Sur chacune d'elles se trouvait une poignée en or massif en forme de plume, réalisant une demi-lune. Sans broncher, deux secondes passèrent. Tout à coup, elle revient à la réalité en secouant légèrement la tête, comme si un frisson venait de lui parcourir le corps.

Juste au moment où Tamira s'apprêtait à saisir la poignée…

Une corne retentit dans la cour, annonçant l'arrivée d'un messager au loin. Qui pouvait bien venir si tôt le matin, se demanda-t-elle?…

Chapitre 2

Le Messager

Elle se précipita à toute vitesse pour la guérite, comme un enfant qui entend frapper à la porte, oubliant tout ce qu'elle était après faire, afin de savoir qui arrivait. Proche de heurter deux serviteurs au croisement d'un corridor, elle ralentit à peine le temps de s'induire en excuse et reprit sa course de plus belle.

Lucien, l'un des hommes à tous faire, cria : "Mais qu'est-ce qui provoque toute cette commotion, ma chère Tamira?"

Sans modérer, elle s'écria : "Un messager, la corne, un messager arrivent." Rendu au bout du couloir, le reste de ses paroles se perdit dans le tournant.

N'ayant pas compris les exclamations hystériques de Tamira, la vieille servante qui accompagnait Lucien lui donna un bon coup de coude, d'une voix qui laissait facilement paraître son dérangement et son indignation, et dit : "Les jeunes d'aujourd'hui s'énervent vraiment pour un rien... Tout ça à cause d'un messager! Heureusement que sa dragonne ne la suit pas à cette vitesse, sinon elle nous aurait aplatis telle une mouche s'empressant d'en finir avec le fond d'une gamelle bien swignez sur le coin d'un..." Tout en continuant à marmonner et ronchonner, elle agrippa son panier tombé par terre et continua son chemin...

Lucien la regarda s'éloigner, ressemblant à une vieille tortue à bout de souffle qui titubait d'un côté, ses épaules bondissant au rythme de son grognement. Puis, il scruta dans la direction où Tamira avait disparu... et éclata d'un fou rire. Le son de la voix encore plus frustrée de la dame âgée se fit retentir à nouveau. "Non, mais vas-tu lever tes vieilles savates et me suivre le vieux ou tu vas t'enraciner là, à rigoler comme un vieux tremble?" Lucien s'arrêta net...

D'un timbre chancelant, cachant maladroitement un léger ricanement, il répondit avec le seul élément qu'il n'aurait pas réussi à contenir, un sourire dont on ne pouvait dire exactement où il commençait et où il finissait. "Oui, je suis juste derrière toi, mon amour..." Par chance, elle regardait toujours dans la direction où elle s'était engagée, pensa-t-il. Sinon, je me serais sûrement mangé un coup de panier derrière la nuque. Et sans savoir comment cela était encore possible, toute en emboîtant ses pas, il réussit à étirer davantage son sourire.

Arrivant en trombe sous l'arche de l'entrée principale qui donnait accès à la cour extérieure, Tamira se mit à marcher pour reprendre son souffle. De chaque versant de la porte se trouvait un monument sculpté en pierre de lune représentant ses arrière-grands-parents, Gamila et Métado. Les bâtisseurs de ce domaine remontaient à la vingt-quatrième génération avant elle, ce qui signifiait que plus de mille huit cents ans d'histoire étaient enfermés entre ces murs. Selon la coutume, on reproduisait l'homme du côté droit, toujours chevauchant son dragon, et de l'autre bord, du côté du cœur, sa femme, protégée par la stature de sa dragonne. On ne voyait jamais de sculptures représentant des femmes enfourchant une dragonne, car elle était le symbole de l'amour et de la compassion, et non de la force brute. Tamira pensa qu'elle pouvait prendre une pause pendant quelques instants, appuyée contre la patte d'une statue qui était en position relevée, pointant presque vers l'entrée…

Elle regarda les soixante-deux marches qui l'attendaient avant de parcourir les six cents pieds du chemin en marbre bleu-gris, surplombés par les vingt-trois autres monuments des vingt-trois générations précédentes qui bordaient le sentier. Elle devrait ensuite atteindre le mur de la muraille, haut de vingt hommes, et gravir les deux cent quarante-quatre marches situées de chaque flanc de l'entrée du domaine pour finalement parvenir au sommet d'une des tourelles d'observation. Tout cela lui semblait subitement interminable...

Se redressant, elle prit une grande inspiration, remplissant ses poumons d'air, et se dit : "Je suis presque arrivée, allez, du nerf..."

Au moment où elle s'apprêtait à se lancer, une masse immense apparut soudainement devant elle, la faisant perdre une fois de plus son souffle en une seule seconde. Elle fit un bond en arrière, poussant un cri de stupeur... Son cœur palpitant à vive allure, la transpiration abondante due à sa course à travers les nombreux couloirs du château semblait avoir doublé instantanément.

Reconnaissant son assaillant inattendu, mais toujours sous le choc de la surprise, les yeux écarquillés et le souffle court, Tamira chercha à regagner son calme afin de pouvoir nommer cet intrus. Elle entendit la voix rauque et ferme, qui restait tout de même douce, qui lui reprocha d'un ton enjoué : "Tamira, que te prend-il de crier de la sorte... Tu sais bien à mon âge, ma chère enfant que mon cœur n'est plus ce qu'il était… Veux-tu me provoquer une crise cardiaque?" Le vieux dragon la regardait avec amusement, conscient qu'il était responsable de sa stupeur, et ce volontairement. S'asseyant sur ses pattes arrière et enroulant sa longue barbiche cendrée qui pendait depuis son menton, témoignant de son âge avancé.

Finalement, un mot prit forme dans la bouche de Tamira et l'air se fit en quantité suffisante afin de pouvoir le prononcer… "Avalon…"

Toujours réjoui par sa surprise réussie, il la dévisagea et avec un ton enjoué tout en posant sa tête sur ses deux pattes qu'il venait de croiser au sol et reprit : "Oui, Tamira?" Lorsqu'il n'obtint pas de réponse immédiate, il continua : "Quoi? Le chat t'a-t-il mangé la langue? Je t'écoute attentivement, ma chère. À moins que ta course à travers tout le domaine n'ait épuisé toute ta salive en sueur?" Un sourire en coin dévoila ses dents acérées et sa mâchoire robuste, qui aurait sans doute pu broyer un arbre d'un seul coup.

Enfin, Tamira retrouva suffisamment de force pour continuer. "Avalon! Comment oses-tu me faire ça? Ne vas-tu jamais cesser de me taquiner de la sorte?" Elle était indignée d'avoir été piégée pour la centième fois. "Tu peux bien être le dragon de mon père…"

Avalon arqua un sourcil d'un air intrigué et hocha légèrement la tête sur le côté, puis répliqua : "Ah oui... Ah bon... Et bien..." avant d'éclater de rire.

"Je ne comprendrai jamais comment c'est possible, tu as même le même rire que lui. C'est déconcertant!" s'exclama-t-elle.

Le vieux dragon continua de marrer encore plus fort en réponse...

Puis, une fois le rire apaisé, il le toisa sérieusement et lui dit : "Tu verras, lorsque votre lien sera pleinement établi et que tu auras vécu aussi longtemps en compagnie de Noxys, tu comprendras que le lien qui vous unit va au-delà des parallèles émotionnels que vous partagez depuis votre naissance... Vous allez influencer mutuellement vos caractères, et certains traits de personnalité se transféreront entre vous... Ce jour-là, vous ne ferez qu'un presque indissociable."

Tamira affichait une expression d'incompréhension dans son regard. Quel pouvait être ce lien si particulier qui renforcerait encore davantage les liens déjà existants entre elle et sa partenaire, Noxys? Avalon ne fit plus de commentaire à ce sujet, conscient de l'expression interrogative qu'il avait vue maintes fois sur de nombreux visages au cours de ses cent trois années, lorsque ce sujet était abordé.

Toute cette conversation fit réaliser à Tamira une chose : où est donc ma dragonne? Après la peur que ce vieux dragon m'a infligée, elle aurait dû ressentir quelque chose… Mais elle n'est pas venue à mon secours?

Instinctivement, elle leva les yeux vers le ciel et scruta tous les recoins jusqu'à ce qu'elle repère Noxys perchée sur la muraille près d'une des tours d'observation… Elle ne pouvait distinguer le sourire de la dragonne ni entendre son ricanement en raison de la distance qui les séparait, mais elle éprouvait clairement sa joie et son amusement. À partir de cette sensation, elle pouvait facilement imaginer le visage hilare de sa monture et comprit immédiatement que Noxys devait être présente depuis le tout début, se jouant d'elle tout comme le vieux Avalon, qu'on dit sage… Sur cette dernière pensée, elle eut une réflexion qui lui fit esquisser un petit sourire en coin… Peut-être que c'est uniquement à cause de la couleur de sa barbiche qu'on le considère sage, ce vieux faiseur de tours…

Recentrant son attention sur son interlocuteur, Tamira s'exclama : "Ce n'est pas que je m'ennuie en votre compagnie, mais si je ne veux pas risquer de manquer l'arrivée du messager, je ferais mieux de me rendre à l'une des tours d'observation…"

Avalon soupira et répéta : "Ah! oui, le messager, c'est vrai. On l'a annoncé il y a déjà quelques minutes." Sur la fin de la phrase sans demander son reste, Tamira se remit à filer en direction de la muraille.

Quelques minutes plus tôt, lorsque Noxys et Avalon étaient en conversation, la corne avait retenti pour la première fois dans la cour.

Avalon sauta sur ses quatre pattes avec l'agilité d'un jeune dragon, bien qu'une de ses pattes ne touchait pas le sol. Écartant ses vieilles et longues ailes mauves, dont les extrémités étaient noires, il secoua la tête comme un chien voulant enlever l'eau de sa fourrure, ayant le regard enjoué, prêt à bondir pour courir après une balle qu'on lui aurait lancée. Mais il s'immobilisa soudainement. Fixant Noxys droit dans les yeux, il s'apprêta à parler. "Tu..." Puis, remarquant que sa barbiche était coincée sous l'une de ses écailles craquelées du cou, il fit une pause et utilisa son index de patte pour la replacer. Noxys le surveillait et lâcha : "Il est véritablement fou et partiellement irrécupérable... Mais quelle agilité à son âge! J'espère être aussi vigoureuse *lorsque je serai rendue là...*"

Avalon regarda à nouveau Noxys et dit : "Suis-moi, nous ne devons pas manquer une telle opportunité." Sans laisser le temps à

Noxys de répondre, Avalon s'envola en direction des tours d'observation.

"Mais où va-t-il comme ça, et manquer une opportunité de quoi?", se questionna Noxys tout en déployant ses ailes en vue de suivre Avalon. "*Il a définitivement perdu trop d'écailles ce vieux fou…*" se dit-elle de nouveau avec un sourire.

Rattrapant Avalon, Noxys le regarda et lui demanda : "Mais où allons-nous?"

Avalon tourna la tête et gueula plus fort que nécessaire pour se faire entendre : "De quoi?" Il se mit à tournoyer sur lui-même en plein vol, prenant de la vitesse.

Noxys, se faisant distancer, secoua la tête, elle battit des ailes plus vigoureusement pour le rejoindre. D'un hurlement mêlant désespoir et obligation d'être entendu, elle répéta sa question, croyant devoir la poser une troisième fois : "Mais où? Où allons-nous?"

En maintenant sa position en tête, Avalon interrompit sa rotation pour s'élancer en voltige sur le dos. Il replia son long cou musclé de sorte que son menton touchait presque son ventre, ce qui lui permit d'observer Noxys qui le suivait de près. À son tour, il lui cria : "Tu, m'entends-tu, là?" Puis il répéta encore plus fort : "M'entends-tu là?"

Avalon fit un dernier cent quatre-vingts degrés sur lui-même pour se remettre en posture normale de vol et ramena son attention vers l'avant pour voir où il allait. Ralentissant légèrement, Noxys le rattrapa facilement. "Oui, je vous entends!" s'exclama Noxys en vociférant à plein poumon.

Avalon, affichant un sourire presque diabolique, tourna la tête, la regarda et lui dit : "Bien, moi aussi je t'entends, ma jeune apprentie. Sache une chose, je suis vieux, mais pas sourd. Maintenant, va te positionner sur le bastion près de la tour d'observation et surveille comment on capture une proie…"

"Mais quelle proie?" répondit Noxys, perplexe.

"Observe et apprends, sans bouger ni faire de bruit," lança Avalon avant de briser la formation côte à côte.

Avalon continuait de planer comme un vautour au-dessus des monuments de la cour extérieure pendant que Noxys se plaçait confortablement sur les remparts de la muraille pour avoir une bonne perspective, conformément aux instructions d'Avalon.

Noxys regardait partout, cherchant toujours à comprendre. *"Mais à quoi veut-il en venir, je ne vois aucune proie? Je ne vois rien tout simplement rien."* Elle s'interrogeait tout en observant son compagnon tourner en rond. Puis tout devint clair lorsque la proie fit son apparition par l'arche de l'entrée principale. Au même moment, Avalon plongea en ligne droite, les ailes collées contre son corps, tombant à toute vitesse. *"Mais il va s'écraser comme une mouche à cette vitesse et c'est Tamira qui va lui servir de coussin."* Pensa Noxys. Pendant un instant, elle voulut crier pour avertir la victime, mais elle se retint. À la dernière fraction de seconde, précisément avant que la scène ne tourne au cauchemar, Avalon ouvrit grand ses ailes. Le temps semblait se suspendre dans les airs d'une manière presque surréaliste. Avalon s'arrêta brusquement, restant en suspension juste au-dessus de Tamira, puis avec deux battements d'ailes, il se posa devant elle avec une infinie délicatesse, aussi léger qu'un flocon de neige. Émerveillée par les prouesses du vieux gaillard, Noxys écarquilla les yeux, puis éclata de rire en apercevant Tamira sursauter et se tenir la poitrine.

Ce vieil Avalon, décidément, il n'en rate pas un, pensa-t-elle en riant aux a gorge déployer. Grâce à son ouïe et à sa vision de dragonne, Noxys avait pu suivre toute la scène depuis son perchoir sans en manquer une syllabe. Ravie d'avoir eu l'occasion d'observer un maître dans l'art du vol comme Avalon et d'avoir ri en voyant Tamira se faire prendre pour la énième fois, Noxys élança ses grandes ailes gracieuses et d'un seul claquement d'ailes, elle prit son envol. Se disant qu'après s'être si généreusement payé la tête de Tamira, elle lui devait bien de lui donner un petit coup de main afin d'être en haut de la tour avant que le messager ne soit atterri.

À son approche, Tamira lui lança un regard accusateur et lui reprocha : "J'espère que tu t'es bien amusée? Et maintenant, qu'est-ce que tu fais? Tu viens te faire pardonner?"

Noxys atterrit doucement à ses côtés, près du monument de son père, et lui dit : "Je n'y suis pour rien. Je me suis simplement posée là en attendant, comme me l'avait exigé Avalon."

Tamira regarda Noxys avec un sourire agacé et demanda : "Et tu n'aurais pas pu m'en avertir, je parie?"

Noxys se mordit légèrement la lèvre pour retenir son rire et répondit : "Je n'ai pas eu le temps, j'aurais bien voulu, mais avant même que je puisse dire quelque chose, il t'avait déjà surprise. Tu montes? Sinon, tu vas manquer l'arrivée du messager et tu auras mis tout le château en trombe pour rien!"

Tamira prit une pause, lançant à Noxys un regard qui exprimait clairement qu'elle ne croyait pas du tout à l'histoire selon laquelle Noxys prétendait avoir souhaité la prévenir. Prenant appui sur les genoux de Noxys comme marche et monta sur la selle naturelle sur le dos de la dragonne.

En prenant position, elle révéla à Noxys un petit secret. "Entre toi et moi… Dis-toi que ça ne va pas en rester là. Je trouverai un moyen de te rendre la pareille." Un sourire se dessina sur ses lèvres.

Noxys émit un faible rire un peu mal à l'aise. Elle connaissait très bien sa cavalière et savait qu'elle pouvait faire des coups aussi pendables qu'Avalon quand elle s'y mettait. Elle croyait que son père était loin d'être en reste et que la pomme ne tombe jamais bien loin de l'arbre. Après avoir vécu seize ans aux côtés de Tamira, elle avait déjà goûté à ses petites farces plus d'une fois. Goûter, c'était même au sens littéral. Sans s'en rendre compte, Noxys répliqua : "Je te jure, je n'y suis pour rien." Puis elle passa sa langue sur ses grandes dents pointues, se remémorant un matin en particulier, alors qu'elles n'avaient que huit ans toutes les deux. Tamira, ce jour-là, s'était réveillée horriblement tôt. Elle avait voulu faire une surprise de taille à Noxys et la rendre aussi belle qu'une princesse, du moins c'était l'explication qu'elle avait donnée à sa mère. Tamira avait décidé de lui mettre du vernis à ongles. Si seulement elle s'était arrêtée aux ongles. Mais non, les dents de dragonne s'étaient retrouvées recouvertes d'un orange des plus vifs. Ce qui avait réveillé Noxys ce matin-là, fut le goût horrible de la peinture qui commençait à le lui couler dans la bouche. Elle avait eu les griffes et le sourire d'une citrouille durant un mois.

"Noxys, on y va?" demanda Tamira.

Sortant de son souvenir, Noxys répliqua : "Oui, bien sûr… Je me contentais juste de me nettoyer les canines." Elle fit une grimace, comme si elle pouvait encore goûter le goût de la peinture.

Je ferais mieux d'être sur mes gardes, pensa-t-elle, sachant que Tamira était capable de lui jouer des tours sans que personne ne s'en aperçoive sachant très bien que nul mal ne ressortait. Combien de fois avait-elle été prise au dépourvu d'une multitude de façons? "Je devrais être la plus rapide", dit Noxys à voix haute, faillissant trahir ses idées. Mais Tamira ne prêta pas attention, elles étaient désormais à la hauteur de la muraille.

Tamira scrutait l'horizon, guettant la forme qui se rapprochait dans le ciel. "Je vais être celle qui lui jouera un mauvais tour en premier", se dit Noxys dans sa tête pour finir sa pensée.

Tamira était enfin arrivée à la tour. Elles venaient d'atterrir au sommet. C'était la plus grande des deux tours, souvent appelée la "Tour d'observation des réceptions". Avec ses dimensions rectangulaires imposantes — environ trente pieds de large sur vingt pieds de profondeur —, elle avait été spécialement conçue pour accueillir les messagers qui approchaient par voie aérienne. Son plafond, d'une hauteur de huit hommes, offrait une certaine protection très appréciable contre les intempéries le temps que la missive soit donnée. Deux immenses ouvertures de chaque côté permettaient un accès direct, que ce soit depuis l'intérieur des murailles du domaine ou depuis l'extérieur. Quelques drapeaux flottaient le long des murs, le premier étant celui de la famille, suivi de ceux des clans alliés, plus petits en taille. Un présentoir soutenait quatre cornes : la première servait à indiquer l'arrivée d'un visiteur au sol, la deuxième signalait l'approche d'un messager aérien, la troisième alertait une urgence de toute nature et la dernière annonçait une attaque. Une étroite chambre fermée se trouvait au centre de la tour, accessible uniquement depuis l'intérieur. La tourelle pouvait abriter jusqu'à trois tireurs, avec des fenêtres tout autour permettant une bonne visibilité des cibles, et des arbalètes étaient prêtes à être utilisées en cas d'intrusion indésirable. De chaque côté de la pièce, deux portes menaient aux remparts de la muraille, tandis que les deux cent quarante-quatre marches qui descendaient du sommet de la tour jusqu'au terrain, le long de l'intérieur des forteresses, constituaient le dernier accès des lieux.

Tamira se précipita pour sauter au sol et se diriger vers l'une des arches d'observation, tandis que Noxys resta sur place quelque part, perdue dans ses pensées.

Quel vilain tour pourrais-je lui préparer? se demanda-t-elle... Plongeant dans l'un des mauvais coups dont elle avait été victime il y a quelques années, elle trouva l'idée parfaite. En se grattant la tête, elle entendait ce tintamarre de nouveau. Elle se remémora ce réveil brutal. Voyant toutes ses casseroles, lui heurtez la tête et la cacophonie interminable de ses chaudrons se percutant entre eux et sur elle, suspendus au plafond par Tamira pendant qu'elle dormait. Ce serait l'occasion de lui rendre la pareille... Bien sûr, elle n'accrocherait pas de marmites au-dessus de Tamira, car elle ne voulait pas la blesser, mais elle pouvait attacher de petites cordes à ses chevilles, reliées à des chaudrons dissimulés sous le lit... Cela devrait faire l'affaire... Le sourire était à son apogée sur le visage de la dragonne.

"Viens voir, Noxys! C'est un griffon, il est magnifique!" s'exclama Tamira.

Noxys répondit : "Oui, j'arrive." Alors qu'elle se préparait à rejoindre Tamira, elle entendit le bruit des battements d'ailes d'un gros dragon approchant par-derrière.

"On laisse passer!" s'écria une voix forte.

Reconnaissant immédiatement l'intonation d'Avalon, Noxys se décala pour céder l'espace. Le Dragonnier qui chevauchait le dos d'Avalon n'était autre que Ducan, le père de Tamira. Noxys inclina la tête en signe de respect à l'arrivée du doyen des lieux. Malgré la souplesse et l'expertise inégalée du dragon lors de ses atterrissages en délicatesse, la solidité et l'aisance du cavalier sur son dos étaient également indéniables. Avalon aurait pu se poser en catastrophe et son Ducan serait resté en selle sans problème, tant la coordination entre le cavalier et sa monture semblait parfaite, comme s'ils ne faisaient qu'un.

Les battements des ailes puissantes d'Avalon se firent de plus en plus doux et ralentis. Étirant sa première patte, musclée à souhait, suivi de sa deuxième patte, il toucha le sol. Celle-ci était moins solide en raison d'une vieille blessure de guerre. En effet, une longue balafre partant de la mi-cuisse gauche descendait jusqu'au mollet en passant par le genou. Au niveau de la rotule, une autre cicatrice croisait celle-ci en demi-lune. Selon les histoires, cette blessure aurait été causée par l'une des rares lances à pointe de licorne. Au moment où l'arme était sur le point de transpercer Ducan en plein cœur, on raconte que son dragon s'est précipité et l'a enveloppé de ses immenses ailes. D'un coup de patte, il avait dévié la lance qui l'avait gravement ouvert le long de sa jambe. Tous deux étaient tombés d'un rempart de trente étages, et Avalon aurait, dans un ultime souffle, soulevé Ducan et ouvert ses ailes. D'un seul battement d'ailes, il aurait ralenti leur chute avant d'atterrir sur son membre estropié, suivie d'un craquement intense qui fut entendu de très loin. L'os du fémur se serait fissuré en deux. Sous un dernier cri de souffrance atroce, Avalon aurait déposé délicatement Ducan au sol avant de perdre connaissance. Selon les pronostics des "médi-dragons", autrement dit les vétérinaires pour les dragons, Avalon n'aurait jamais dû pouvoir remarcher sur sa jambe.

Cela aura pris deux ans pour qu'Avalon puisse non seulement remarcher, mais aussi atterrir sur cette même jambe, preuve indéniable de sa force de caractère et de sa détermination.

Avalon était désormais sur ses quatre pattes dans la tour. Tamira se retourna et s'écria : "Père! C'est sûrement des nouvelles de mes frères."

Ducan s'appuya sur sa lance à pointe de licorne pour descendre du dos d'Avalon, témoignage de sa fragilité due à son âge avancé. Cette même lance qui autrefois avait failli leur coûter la vie, mais Avalon avait réussi à les sauver en prenant le coup à sa place. C'était grâce à lui que Ducan était encore en là aujourd'hui.

Ducan répliqua : "Alors, qu'attends-tu? Sonne une deuxième fois pour signaler au voyageur qu'il est attendu."

Tamira se précipita au stand, puis insuffla à plein poumon, afin de souffler dans la corne de toutes ses forces. Le son puissant retentit à travers le domaine pour la seconde fois.

Le message était lancé, le griffon l'avait entendu. Il se dirigeait en direction de la tour d'observation afin d'y atterrir et de délivrer son message. Les gardes se positionnèrent à leurs postes, deux d'entre eux pénétrèrent dans la pièce des archers tandis que trois se placèrent de chaque versant de l'entrée d'où le griffon faisait sa manœuvre d'atterrissage.

Quatre imposants singes en armure sortirent de la muraille et introduisirent dans l'enceinte par les portes de chaque côté. Surnommés les Mains-de-Fers en raison de leur force et de leur habileté au combat, ces singes servaient la famille depuis des générations. Ils étaient armés de deux grandes haches croisées dans leur dos et d'une arbalète à la main. Ayant échappé à l'extinction de justesse, quand Métado le dragonnier fondateur de ce domaine participa à sa première guerre, il tomba sur un panier tissé comportant les cinq derniers survivants de cette espèce. Tous les Drumains et tous les Mains-de-Fers d'un modeste village avaient été exterminés par les Dragnor. Seul ce petit groupe avait survécu depuis trois jours sans eau ni nourriture. N'ayant plus de tribu, Métado les avait recueillis, tels des membres de la famille. Depuis, les Mains-de-Fers ont grandi et ils se sont reproduits, reformant une grande colonie qui resta au service, et ce, de leur propre choix, de la famille du firmament astral. Les Mains-de-Fers n'avaient plus de lien avec les Drumains, car lorsque les derniers Drumains reliés par le sang et l'essence de vie furent tués, le lien qu'ils partageaient fut brisé. Ils n'auraient pas dû survivre à la rupture de cette connexion, contre toute attente, ces cinq petits de leur race survécurent. Ils partageaient désormais une liaison d'amour avec la famille qui les avait recueillis.

Les Dragnor étaient le clan des dragons noirs. Les plus féroces et vicieux de tous les groupes de Drumain. Ils n'hésitaient pas à détruire tout sur leur passage pour atteindre leurs objectifs. Selon les légendes, ils auraient même été responsables de l'extinction des licornes afin de s'emparer de leurs cornes pour en faire des armes. Ils étaient souvent à l'origine de nombreuses disputes et affrontements depuis que l'histoire se souvient.

C'était la guerre au loin. On ne prendrait aucune chance lorsqu'un messager arrivait. Bien que le risque d'une embuscade soit minime, il était nécessaire de rester vigilant. Les combats auraient dû se rapprocher considérablement et couvrir une grande distance pour que cela soit possible.

Deux interminables ailes d'une dimension de trois longueurs d'homme chacune battaient lentement à son approche.

Attachées au centre de son dos, juste en dessous de la selle où était assis le cavalier, ces ailes étaient d'un noir velouté. La créature possédait une cage thoracique et quatre pattes recouvertes d'une superbe fourrure blanche éclatante. Les membres arrière rappelaient celles d'un lion, tandis qu'a l'avant ce trouvaient les serres d'un aigle, terminées par un duvet noir. Malgré son pelage, on pouvait clairement distinguer la puissance musculaire de la bête, avec certains muscles dont on ignorait même l'existence. Une longue queue striée de lignes noires et blanches, finissant en une pointe sombre en forme de flèche, flagellait l'air comme un fouet pendant que les pattes arrière frappaient la pierre. Le cou allongé, recouvert d'une fourrure noir dense qui semblait fusionner avec le corps, se tendit tandis que le bec s'ouvrait pour laisser échapper quelques cris stridents, avertissant de se tenir à l'écart lors de l'atterrissage.

Les ailes cessèrent de battre et se replièrent le long des flancs, tandis que les pattes avant touchaient le sol. Le cavalier entrouvrit son manteau, révélant autre chose qu'une simple cape avec un capuchon brodé. Un bras musclé apparut, orné d'un bracelet en or. L'inconnu saisit l'une des deux cornes dorées qui émergeaient des côtés arrière de la tête de l'animal, un signe de la lignée royale à laquelle il appartenait. D'un bond, il sauta de son perchoir et atterrit gracieusement au sol. Le griffon, restant vigilant, scruta attentivement chaque garde. Le messager s'approcha doucement de son compagnon, posa sa main sur son cou et lui murmura quelques mots à l'oreille qui dépassait sous les cornes.

Une voix calme et masculine, à peine audible, se fit entendre. "C'est de la famille." À ces mots, la bête se détendit, relâchant tous ses muscles tendus.

Tamira, intriguée, crut avoir remarqué sur son bracelet le sceau familial représentant un arbre de dragonnier surplombant une tête de dragon. Elle était maintenant incrédule. Regardant Noxys, elle demanda, sans se soucier de la présence du voyageur : "A-t-il vraiment dit que c'est de la famille?"

Ducan, non loin d'elle, lui répliqua : "Ne reconnais-tu pas Aile-d'or De La Griffe?"

"Qui?" questionna Tamira en se retournant vers son père.

Le messager rabattit d'une main son capuchon, dévoilant un visage blanc comme la neige et des cheveux aussi noirs que la nuit. Il s'inclina royalement et respectueusement en direction de Tamira, en disant : "Je suis Aile-d'or, à votre service, chère Tamira."

Aile-d'or se releva et, à son tour, toisa Tamira avec un air intrigué. Ses deux yeux dorés semblaient s'être arrêtés à la hauteur de son buste. Tamira, manifestement indignée par le regard d'Aile-d'or fixé sur sa poitrine, croisa les bras pour la cacher et, en tapant du pied, le réprimanda en lançant : "Qu'on ne se gêne surtout pas… Hein!"

Ducan, observant la scène, se mit à rire très fort. Il avait immédiatement compris la raison pour laquelle l'attention d'Aile-d'or s'était suspendue là. Relevant soudainement les mentons pour regarder Tamira directement dans les yeux, Aile-d'or, visiblement mal à l'aise de constater que Tamira pensait qu'il reluquait ses seins, s'excusa maladroitement : "Je vous assure que je n'ai aucune intention de regarder votre poitrine, même si cela semble très intéressant… Euh! Enfin, ce que je veux dire, c'est que je me demandais surtout ce qui s'était passé si tôt ce matin pour que votre bustier soit dans un état si délabré."

Tamira baissa la tête et réalisa qu'elle était toujours vêtue de son bustier déchiré. "Euh… " Ne sachant pas quoi répondre, elle retoqua fièrement la première idée qui lui vint à l'esprit : "Comment oses-tu dire qu'il est en piteux état? J'ai simplement décidé de lancer une nouvelle mode, c'est tout."

Après l'explication de Tamira, Noxys et Aile-d'or se joignirent au fou rire de Ducan. Tamira, quant à elle, se contentait de sourire en grimaçant.

Lorsque les rires finirent par s'apaiser, Ducan s'approcha d'Aile-d'or, l'entourant de son bras libre (car l'autre tenait la lance). Il demanda : "Alors, que me vaut ta visite, mon cher? M'apportes-tu de bonnes nouvelles de mes quatre fils?"

L'air joyeux du visage d'Aile-d'or changea immédiatement pour une aura plus sombre, révélant ainsi la nature délicate des nouvelles qu'il s'apprêtait à annoncer. "J'ai bien peur, cher oncle Ducan, que les informations que je vous apporte soient des plus difficiles à partager."

Ducan, désormais arborant une expression de marbre, répondit d'un ton sérieux, ne laissant transparaître aucune émotion. "Allons manger, et tu pourras tout me raconter en même temps."

Ducan regarda Feragil, l'un de ses meilleurs amis depuis son enfance et l'un de ses plus fidèles conseillers. Avant même qu'un mot ne soit prononcé par Ducan, le singe inclina légèrement la tête en signe d'approbation. "Tout de suite", répondit-il, comme si une requête avait été faite.

Feragil se tourna ensuite vers un autre membre des Mains-de-Fers et dit : "Préparez un festin dans la grande salle des mille délices!"

Chapitre 3

L'Annonce/La Réflexion

Deux gardes se tenaient devant deux imposants arbres de dragonnier, situés au bout d'un vaste corridor. Ces arbres n'avaient pas changé depuis près de deux mille ans et étaient recouverts d'une résine d'abeille géante. Cette résine, en réalité le nectar séché d'abeilles mesurant jusqu'à trois pieds de long, constituait une couche protectrice transparente utilisée comme vernis, appelée la résine résistante au passage du temps. Les deux arbres se rejoignaient au centre, formant une arche qui abritait les deux portes donnant accès à l'une des plus grandes pièces du domaine. Sur un panneau de chêne gravé juste au-dessus des portes, on pouvait voir un bol rempli de fruits, accompagné d'une inscription qui disait : "Le plaisir du ventre ouvre les portes de l'amour et de la passion". Sur la deuxième ligne, en caractères plus imposants, on pouvait lire : "La Grande Salle des mille délices".

Au cœur du domaine, Aile-d'or, Ducan et Tamira, suivis de leurs montures, s'approchaient de l'immense salle à manger principale. L'un des gardes saisit l'une des branches de l'arbre et la tira légèrement, faisant résonner un carillon. Les deux portes de l'arche s'ouvrirent alors, dévoilant l'extraordinaire pièce où les serveurs déposaient d'énormes plateaux remplis d'un succulent repas. Les effluves de pains dorés à la cannelle se frayaient un chemin jusqu'aux narines d'Aile-d'or.

Salivant à l'appétissant parfum qui l'enveloppait, son ventre gargouilla si fort que le bruit ne passa certainement pas inaperçu. Aile-d'or laissa échapper un commentaire. "J'ai tellement faim que je dévorerais sûrement des tonnes de votre pain doré garni d'une autre tonne de fleurs bleues de dragonnier et nappé d'une généreuse couche de miel."

Ducan regarda Aile-d'or avec un léger sourire pincé et lui demanda : "Les nouvelles que tu nous apportes sont-elles de nature urgente ou simplement d'ordre déplaisant?"

Aile-d'or perdit immédiatement sa joie à la vue du repas et prit un ton légèrement grave. "Non, elles ne sont pas urgentes, car il n'y a plus rien à faire. Il s'agit de vos…"

Ducan l'interrompit en lui saisissant le bras de sa main libre et dit d'une voix calme, dissimulant son inquiétude puisqu'il avait déjà une bonne idée de ce que le message pourrait être. "Nous en parlerons après le repas. Les mauvaises nouvelles sont toujours plus faciles à digérer l'estomac plein."

Arrivé à l'entrée de la salle à manger, Aile-d'or s'arrêta, émerveillé, et ouvrit grand les yeux. "J'avais presque oublié l'immensité de cette pièce. Je vous assure, après avoir voyagé à travers le monde pendant les dix dernières années, je n'ai jamais vu une salle à manger aussi vaste et majestueuse. Elle n'a pas son pareil nulle part ailleurs!"

Le local, spacieux et accueillant, pouvait aisément accommoder jusqu'à quatre mille convives, ainsi que leurs montures. Répartie sur trois niveaux, elle était équipée d'un système de réseau d'huile à chauffage ainsi que quatre foyers fonctionnant tous déjà chaleureusement allumés à l'arrivée de Ducan. L'un de ces foyers se gisait au centre du mur arrière, juste derrière la majestueuse table royale, tandis que les deux autres étaient judicieusement placés au centre de chaque côté de la salle. Un quatrième foyer, celui-ci à aire ouverte se trouvait au milieu des lieux, diffusant une douce chaleur dans tout l'endroit. Avec de vastes ouvertures, ces foyers auraient aisément pu accueillir une dizaine de personnes par ouverture respective.

Les capuchons des cheminées s'assemblaient en une voûte, convergeant au centre de la pièce. Ensuite, une colonne s'étendait depuis le point central jusqu'à une hauteur de dix-huit coudées au-dessus du sol, juste au-dessus du foyer principal. Celui-ci, de forme ronde, était surélevé de deux pieds sur un podium en pierre. De chaque côté du foyer, deux immenses statues étaient disposées. L'une représentait un puissant Mains-de-Fer musclé, et le second était à l'effigie de Métado. Ces sculptures avaient été offertes à Métado en signe de gratitude par l'un des singes rescapés, devenu l'un des plus grands forgerons des lieux.

Ses deux colosses qui se faisaient face, tenant chacune une tige d'acier reliée à l'autre statue dans la main opposée, dégageant ainsi une impression de connexion et d'équilibre saisissante. Un mécanisme de rouage et de poignée permettait de faire tourner les deux tiges simultanément. Ses supports étaient assez longs pour recevoir deux bœufs entiers sur le feu, tel un méchoui.

Ces statues majestueuses semblaient s'animer dans une danse éternelle, capturant un moment figé d'harmonie et d'interaction. Leurs formes élégantes et gracieuses reflétaient une aura de puissance et de sérénité. Les mains tendues, les doigts délicatement enroulés autour de la tige d'acier, témoignaient de leur volonté de se rapprocher, de s'entraider et de maintenir une union solide. Chaque détail minutieusement sculpté exprimait la force de l'acier qui liait ces deux êtres, symbolisant ainsi une connexion indestructible et indissoluble.

Leurs regards intenses se croisaient, créant une communication muette, mais profonde entre les deux colosses. On pouvait presque ressentir l'énergie qui circulait à travers la barre métallique, transmettant un sentiment d'unité et de compréhension réciproque. Les postures des statues dégageaient une impression d'équilibre et de stabilité. Elles semblaient se soutenir mutuellement, prêtes à partager leurs forces et leurs faiblesses pour rester debout dans ce monde.

Dans une disposition en demi-lune, deux somptueuses tables de marbre trônaient majestueusement autour du foyer central. Leur surface polie et glacée offrait un contraste saisissant avec l'éclat chaud des flammes qui dansaient au cœur du brasier. Chacune de ces tables était soigneusement ornée de motifs complexes, révélant l'expertise des artisans qui les avaient façonnées.

Les tables étaient stratégiquement placées à une distance de quatre pieds l'une de l'autre, créant dès lors un espace généreux pour accueillir une variété de délicieux plats et sauces. À mesure que le festin progressait, les meubles de marbre devenaient peu à peu de véritables réchauds. La chaleur émise par le foyer central se propageait doucement le long de leurs surfaces en marbre, permettant ainsi aux mets savoureux de rester parfaitement chauds. Les sauces onctueuses gardaient leur texture délectable, et les plats mijotés dévoilaient toute leur saveur sans perdre leur moelleux.

Les convives appréciaient le confort de pouvoir déguster leurs portions à leur rythme, sans craindre que les aliments ne refroidissent. Cette astuce ingénieuse ajoutait un zeste de sophistication à l'ensemble, révélant la finesse des hôtes qui avaient conçu ce lieu de convivialité et de plaisirs culinaires.

Dans cette ambiance enchanteresse, la douce lueur des flammes se reflétait sur le marbre, créant un spectacle visuel éblouissant. Les ombres dansaient sur les murs, ajoutant une touche théâtrale à la scène, et les rires emplissaient l'air, rendant le moment encore plus mémorable.

En somme, ces deux tables de marbre en demi-lune étaient bien plus que de simples surfaces pour accueillir des mets. Elles constituaient le cœur battant de ce rassemblement gastronomique, une oasis de plaisirs culinaires où la convivialité et le régal des sens s'harmonisaient dans une symphonie paradisiaque.

Au premier étage, l'entrée majestueuse conduisait les visiteurs vers un sol exceptionnel. Un magnifique marbre noir et blanc formait de somptueuses mosaïques celtiques qui s'étendaient avec élégance sur toute la superficie. Les motifs complexes et envoûtants de ces mosaïques captivaient le regard, évoquant une aura de mystère et de raffinement.

La place principale s'ouvrait devant les invités, révélant une scène digne d'un conte de fées. Pas moins de dix immenses et longues tables en bois massif étaient soigneusement alignées, s'étirant gracieusement le long de la salle. Le boisé sombre était richement poli, dégageant une lueur chaleureuse qui contrastait harmonieusement avec le marbre du sol.

Les bords des tables étaient finement ciselés avec un talent artistique remarquable. Chaque centimètre était orné d'images saisissantes représentant des personnages fantastiques et des créatures mythiques festoyant et se régalant ensemble. Des scènes de liesse et d'allégresse semblaient s'animer sous les mains habiles des sculpteurs, ajoutant une touche d'enchanteur à l'atmosphère déjà féerique de la pièce.

Les tables elles-mêmes paraissaient être imprégnées d'une histoire riche et mystérieuse. Elles racontaient des légendes ancestrales, invitant les convives à s'asseoir et à se perdre dans ces récits fantastiques qui semblaient prendre vie autour d'eux.

Sur chaque table, une impressionnante quantité de chandeliers dorés à cinq branches trônait avec élégance. Leurs flammes dansantes projetaient une lumière tamisée sur les visages souriants des invités, créant ainsi une ambiance magique propice aux discussions animées et aux rires joyeux.

L'atmosphère qui régnait dans cette salle était empreinte d'une convivialité chaleureuse et d'une certaine aura de noblesse. Les hôtes étaient accueillis dans un espace où le goût du raffinement se mêlait à l'esprit festif, faisant de chaque repas une expérience inoubliable.

En somme, le premier étage de l'endroit enchanteur captivait les sens et l'imagination de quiconque y pénétrait. Les mosaïques celtiques au sol, les tables sculptées de bois massif et les chandeliers dorés formaient une toile de fond spectaculaire pour les festins mémorables qui s'y déroulaient. Une atmosphère unique et magique se mariait aux délices culinaires, faisant de ce lieu un véritable paradis pour les convives en quête de moments d'exception.

Sur une élégante estrade, fièrement dressée face au foyer du mur arrière, trônait la 11e table du premier niveau. Cette place occupait une espace d'honneur, car elle était réservée exclusivement à la famille. Contrairement aux autres meubles disposés le long de la salle, un seul côté de cette table familiale était aménagé pour s'y asseoir, permettant ainsi à ses occupants de faire face au reste de la pièce.

La façade de cette table spéciale était somptueusement fermée par une magnifique dalle de marbre, finement sculptée avec le sceau du clan de chaque versant. Au centre, l'objet de toutes les attentions, trônait un imposant arbre généalogique. Les racines du passé, profondément ancrées, remontaient jusqu'à Métado, fondateur et patriarche de la famille. Les branches s'étendaient majestueusement vers l'avenir, représentant l'héritage et les générations à venir.

Juste derrière cette table familiale, accroché avec grâce au-dessus du manteau de la cheminée, un immense tapis mural capturait l'attention de tous. Sur cette toile d'une beauté époustouflante, l'amour éternel de Ducan et Shina était magnifiquement illustré. Les deux figures se trouvaient enlacer l'une dans les bras de l'autre, leurs regards reflétant une passion profonde. Les dragons, Avalon et Séréna, survolaient majestueusement le domaine en arrière-plan, ajoutant une touche de mystère et de grandeur à cette scène émouvante.

De part et d'autre de ce plan d'honneur, surélevés du sol par une dizaine de marches, deux balcons gracieux s'étiraient en direction des montures qui accompagnaient les membres de la famille lors des festins. Les galeries étaient éclairées par les deux seules et généreuses fenêtres situées derrière eux, longeant le mur et s'élevant presque jusqu'au dôme du plafond. La lumière naturelle qui pénétrait à travers ces fenêtres soulignait l'importance de cette table et ajoutait une touche d'éclat aux créatures célestes qui y trouvaient refuge.

Cet ensemble magnifique constituait un symbole puissant de la lignée et de la grandeur de la famille. Il était un rappel constant de l'histoire riche et des traditions qui imprégnaient chaque instant passé dans cet espace sacré. Dans cette pièce empreinte d'histoire et de récits fascinants, chaque repas prenait une dimension spéciale, créant des souvenirs inoubliables pour les générations à venir.

De part et d'autre de la salle, s'élevaient orgueilleusement six imposants piliers en pierre, impressionnant dans leur diamètre de dix pieds et s'élançant majestueusement du sol jusqu'au plafond, soutenant ainsi le dôme qui surplombait ce lieu grandiose. À leur sommet, les colonnes s'ouvraient comme des parapluies, déployant leur envergure pour assurer un appui solide à l'ensemble architectural.

Sur chacun de ces piliers, flottaient fièrement les drapeaux des alliés et des amis chers à la famille du Firmament Astral. Ces symboles colorés représentaient les liens puissants et les coalitions forgées au fil des générations. Ils conféraient à cette salle un air d'unification et de rassemblement, où les relations et les amitiés jouaient un rôle central.

Au centre des six colonnes s'élevait un large escalier gracieux, permettant aux montures des convives de gravir vers le premier palier. Cet espace dédié était spécialement conçu pour accueillir les créatures de différentes tailles et grandeurs qui accompagnaient les invités. Des tables sans chaise étaient disposées en nombre, offrant mille places pour que ces fidèles compagnons puissent également partager le festin.

Lors des grandes réceptions, seuls quelques privilégiés avaient l'avantage de manger en compagnie de leurs montures bien-aimées, renforçant ainsi les liens étroits entre la famille et ses précieux êtres. C'était un geste d'honneur et de reconnaissance pour ceux qui avaient noué une relation spéciale avec leurs compagnons.

Juste à l'entrée de la salle, de chaque côté, des marches gracieuses donnaient accès au troisième étage. Ce balcon, conçu avec une générosité inspirante, était destiné aux gardes et à certains conviés moins essentiels. Cette conception architecturale reflétait les principes profondément ancrés de la famille du Firmament Astral, qui valorisait l'inclusion et la convivialité.

Métado avait souhaité que tous les convives, qu'ils soient gardes, serveurs ou invités moins importants, se sentent les bienvenus et appréciés lors des festivités qui se déroulaient dans cette pièce extraordinaire. C'était un acte d'ouverture et de respect envers tous ceux qui contribuaient à rendre ces occasions spéciales et mémorables.

Dans cette salle magnifique, les montures trouvaient leur place aux côtés de leurs moitiés Drumaine, les drapeaux des alliés flottaient avec fierté, et l'esprit d'accueil et de générosité régissait chaque instant. C'était un lieu où les liens familiaux et les amitiés sincères étaient célébrés dans toute leur splendeur, faisant de chaque réception une symphonie d'harmonie et de chaleur humaine.

Tel que le veut la tradition à l'entrée du maître des lieux, le feutrier, un serviteur vêtu de haillons souillés de suie, s'avança solennellement, portant un petit bâton dans sa main tremblante. Sa présence témoignait de l'importance accordée à la supervision des feux dans cet endroit emblématique.

Avec habileté, le feutrier gratta l'allumette, créant une étincelle vive qui illumina brièvement son visage encrassé. D'une voix forte, empreinte de dévotion, il s'écria : "Que la flamme de notre royaume s'allume et éclaire notre chemin!"

D'un geste délicat, le serviteur approcha le feu scintillant près d'un petit trou discret dans le mur à l'entrée. Aussitôt, une lisière de flamme se mit à courir tout le long des murs sortant d'une canalisation à hauteur des épaules de Drumain sur les deux flancs, à la même vitesse le long des parois des trois étages, de chaque côté des portes.

Un spectacle enchanteur se déployait sous les yeux ébahis des convives présents. La ligne de flammes semblait danser en une joyeuse procession, créant une lumière chaleureuse qui embrassait chaque recoin de la salle. À intervalles réguliers, tous les dix pieds, un flambeau spécial relié au branchement de chauffage, habilement dissimulé le long des murs, s'embrasaient, ajoutant une touche de féerie à l'ambiance.

Le réseau de chauffage à l'huile de sanglier était une prouesse d'ingénierie, s'inspirant de la nature pour créer un système de calorification efficace et harmonieux. Son feu courait le long des cloisons, apportant une chaleur douce et bienfaisante, tout en créant une atmosphère spectaculaire lorsqu'il illuminait chaque torche accrochée aux parois.

Ce rituel, exécuté avec un respect profond pour les traditions et l'histoire du lieu, était bien plus qu'un simple moyen de tempérer la salle. Il était le symbole de la grandeur de ce domaine, de son sens, de l'accueil et de la lumière qui émanait de ses habitants. C'était une célébration de l'unité et de l'esprit familial qui imprégnait chaque aspect de ce lieu d'exception.

Dans cette salle magnifique, éclairée par la flamme sacrée, les convives savaient qu'ils étaient les bienvenus, que leurs cœurs étaient chaleureusement accueillis et que ce moment précieux serait gravé dans leur mémoire pour toujours. Le réseau de chauffage de sanglier continuait de briller, unissant chaque personne présente dans cette ambiance enchanteresse.

Aile-d'or, les yeux écarquillés, tel un enfant dans un magasin de jouets pour la première fois, reprit en disant : "Décidément une merveille!"

Ducan, quant à lui, répondit : "Je te comprends. À cent trois ans, je m'éblouis encore à chaque fois que l'huile s'allume."

Tamira, de son côté, se retourna et chuchota à Noxys : "Décidément, tous les prétextes sont bons pour nous faire languir."

Non loin de là, Séréna entendit le commentaire de Tamira et lui glissa doucement : "Du calme, Tamira. Chaque chose en son temps. Nous saurons bien assez tôt les nouvelles qui semblent peser lourdement sur le cœur de notre invité."

Désormais tous assis à table, ils profitaient du délicieux repas disposé devant eux, à l'exception de Tamira qui avait pris une petite portion. De nature à avoir une bonne fourchette, elle paraissait pressée d'en finir avec ce repas afin d'apprendre l'annonce apportée par le messager. Elle ne prêtait aucune attention aux saveurs des aliments, engouffrant les bouchées les unes après les autres jusqu'à ce qu'elle ait vidé le font de son assiette.

Séréna, assise sur son balcon à côté d'Avalon, observait Tamira s'essuyer grossièrement le visage avec sa serviette, la replier soigneusement et mécaniquement, puis la déposer au centre de son plat pour montrer qu'elle avait fini. Son regard sautait désormais de Ducan à Aile-d'or. Elle tapait du pied involontairement et réarrangeait ses ustensiles à multiples reprises.

Séréna s'adressa à Avalon et dit : "Je n'ai jamais vu Tamira aussi anxieuse."

Avalon, pour sa part, semblait totalement détendu et ravi de manger. S'arrêtant après le commentaire de Séréna, la main au-dessus de sa yeule grande ouverte, Avalon prit une profonde inspiration, son index transpercé et pratiquement recouvert d'une demi-douzaine de tranches de pain doré. Ne déviant que ses yeux pour regarder son interlocutrice, il dit : "À cet âge-là, on ne sait pas vraiment apprécier le fait de ne pas savoir." Puis le pain doré disparut dans la bouche du dragon d'où résonna un bruit d'engloutissement, laissant seulement son index émerger avant de le replonger de nouveau dans son bol.

Séréna observa Avalon et lui répondit curieusement : "À te voir agir, après tout ce temps que je te connais, je dirais presque que vous cherchez vraiment à retarder l'annonce du messager."

Avalon émit un son comme si la tranche de pain doré qu'il dévorait était passée de travers. "Eh bien, à notre âge, plus aucune nouvelle ne pourrait nous déranger. C'est ainsi que va la vie." Il suça son doigt pour enlever le miel qui restait, puis reprit : "Bon, moi aussi, j'ai fini de manger." En poussant son assiette.

Séréna regarda affectueusement Tamira en pensant : "Si seulement ta mère était là."

Peu de temps après le repas…

Séréna rejoignit Tamira dans la bibliothèque.

"Tamira," dis Séréna en entrant dans la pièce, "je sens que tu es très anxieuse et en colère."

Tamira regarda Séréna et répondit après une pause : "Séréna, je ne sais pas pourquoi, mais j'ai peur de cette nouvelle. Et père parais tellement vouloir la retarder que ça m'énerve, ce n'est pas normal." Après un autre répit, elle reprit : "Et… et… la façon dont il nous a demandé de sortir après le repas… Il semblait de marbre."

Séréna répondit d'un ton calme : "Tu sais bien que les missives doivent passer par lui avant de nous parvenir." Tamira l'interrompit brusquement et répliqua d'une voix forte : "Oui, je le sais, mais j'ai le sentiment que le temps presse." S'arrêtant comme si elle n'avait pas tout dit, elle continua : "Désolée Séréna, mais ils semblent prendre tout leur temps. Comme si un émissaire de ce rang venait simplement pour des nouvelles insignifiantes!"

Séréna la regarda et lui lâcha, pour la réconforter légèrement : "Oui, souvent, plus le communiqué est important, plus le rang du messager l'est également. Mais souviens-toi qu'Aile-d'or fait partie de la famille. Ce message n'est peut-être qu'une excuse pour venir voir ton père, qui se trouve à être son oncle, je te le rappelle."

Avant que Séréna ne puisse se replonger dans ses souvenirs et approfondir sa réflexion, Tamira l'interrompit à nouveau en déclarant : "Coudonc, ils prennent vraiment leur temps."

C'est alors que Ducan entra dans la pièce. Tamira et Séréna le regardèrent.

Ducan dit doucement : "Séréna?"

Elle lui répondit en inclinant légèrement la tête : "Oui, très cher, je vous laisse discuter." Puis elle sortit pour rejoindre Avalon, qui était demeuré dans le couloir.

Alors qu'ils se dirigeaient vers la sortie, Séréna, voyant qu'Avalon restait silencieux, demanda : "Et puis? Les nouvelles semblent graves, à vous voir, Ducan et toi."

Avalon s'arrêta net, une larme coulant sur sa joue, comme s'il était sur le point de s'effondrer. Après un soupir, il prit la parole : "Oui, très même...". Il renifla légèrement, se remit à marcher et résuma la conversation : "Les quatre frères sont décédés." Il cacha ses yeux et prit une grande inspiration. "Le seul survivant est le dragon du jumeau de Tamira, mais il serait inconscient et dans un piteux état selon les nouvelles que nous avons reçues."

Les larmes de Séréna déferlaient comme un torrent, emportant avec elles toute l'innocence et la joie qu'elle avait connue. Son cœur semblait se fracasser sous le poids écrasant de la douleur, et chaque sanglot était un cri déchirant dans l'obscurité du corridor. "Pauvre Tamira," murmura-t-elle d'une voix brisée. "Elle va être dévastée, tout comme Ducan."

Les émotions étaient si puissantes que même Avalon, d'habitude si stoïque, ne pouvait retenir son chagrin. Ses yeux se remplirent de larmes tandis qu'il lutta pour trouver les mots justes. Ses paroles tremblaient légèrement lorsqu'il répondit : "Je pense que nous le sommes tous. Nous devrons rester forts pour Tamira. Ces petits diables vont nous manquer."

Le corridor semblait se rétrécir autour d'eux, les enfermant dans une atmosphère oppressante de tristesse. Les murs de pierre apparaissaient presque étouffants, comme s'ils emprisonnaient leur peine et leur désespoir. La lumière des torches vacillait, reflétant l'instabilité de leurs émotions débordantes.

Chaque pas en avant devenait un combat, comme si le château lui-même résistait à leur chagrin. Mais ils continuaient d'avancer, malgré tout, s'accrochant à l'autre pour trouver un peu de réconfort dans cette mer de souffrance.

Les souvenirs de moments heureux avec les garçons semblaient désormais être des étoiles lointaines dans un ciel obscur et sans espoir.

Avalon resserra sa prise sur la main de Séréna, comme s'il voulait lui transmettre tout le courage et la force qu'il possédait.

Dans ce corridor du château, leur douleur prenait une dimension dramatique, comme si le destin avait jeté un voile sombre sur leur bonheur passé. Ils pleuraient, non seulement pour Tamira et Ducan, mais aussi pour tout ce qui avait été perdu, pour tout ce qui ne serait plus jamais pareil.

Séréna se calma. Elle prit une grande respiration et essuya ses larmes. D'un ton toujours tremblant, elle résuma : "Savent-ils quand les enfants vont nous être ramenés à la maison?"

Avalon hocha la tête, puis dit : "Rock ne pourra pas revenir, car en essayant de sauver ses trois jeunes frères, il aurait été carbonisé en plein vol et réduit pratiquement en cendres. Quant aux dépouilles de Bulton et Cantiro, elles devraient arriver dans deux semaines. Bien sûr, leurs montures seront incinérées sur place. Ils étaient si puissants et imposants que le périple entraînerait plusieurs Dragonniers, ce qui n'est pas souhaitable. Ils ne veulent pas prendre le risque de déplacer plus de troupes que nécessaire." Avalon ne dit plus un mot.

Séréna le regarda, curieuse et en colère, et demanda : "Et qu'en est-il du jumeau et de son dragon?"

Avalon, visiblement triste de devoir y penser, répondit : "Firamire n'effectuera pas le voyage, car son corps serait tombé dans un canyon et personne n'a retrouvé sa dépouille après les combats." Il fit une pause, ébranlé de s'entendre redire la nouvelle.

Séréna lui exprima sa compassion en posant une patte sur Avalon et lui sollicita doucement : "Et que dire de ton jeune protégé, Miro?"

Avalon rassembla tout son courage pour ne pas crier de rage et de tristesse, puis il prononça des mots qui le blessèrent à nouveau : "Il ne sait pas encore s'il va se réveiller, ni s'il va même survivre."

Au moment où Avalon termina sa phrase, les deux dragons entendirent un cri d'horreur qui leur glaça le sang.

"Non, je ne te crois pas. Tu n'es qu'un menteur!" À la suite de ce cri qui résonna dans tous les couloirs tels, un fantôme de la mort glaciale figeant ses victimes, Avalon, s'agrippa la poitrine comme s'il venait de recevoir une lance en plein cœur.

"Que se passe-t-il, Avalon?" demanda Séréna, elle aussi visiblement sous le choc.

Avalon la regarda, terrifié et morbide, la bouche entrouverte. Puis les mots s'échappèrent de ses lèvres : "La souffrance", s'exclame-t-il.

Séréna le parcourt de la tête au pied, mortifiée, elle reprit : "Explique-toi! Est-ce quelque chose de grave? C'est Ducan? Tu dois me répondre!"

Avalon réagit : "Oui, c'est Ducan." Séréna était sur le point de partir en courant pour le rejoindre, mais soudain, Avalon lui empoigna le bras et lui dit : "Non, Séréna. Tu ne dois pas."

Séréna ne comprenait toujours pas. "Je ne dois pas quoi? Il souffre, c'est urgent, nous devons aller l'aider." Avalon la regarda droit dans les yeux, ce qui la terrifia. Son regard semblait perdu dans les abysses de la mort, et au plus profond de son âme, on pouvait lire les souffrances les plus insoutenables.

Avalon, d'une voix glaciale, reprit : "Oui, il souffre. Il souffre encore plus que de savoir que ses quatre fils sont morts. Il a tellement mal! Il aurait préféré mourir plutôt que de voir le chagrin qu'il vient de causer à Tamira en le lui révélant la mort de ses frères."

Puis, au loin, la porte de la bibliothèque s'ouvrit et Tamira en sortit en courant dans la direction opposée. Elle sanglotait, ses pleurs inondaient ses joues.

Chapitre 4

Le caractère du destin

"Tu verras bien un jour, Noxys! Les aventures sont souvent
surévaluées. On rêve généralement d'aventure lorsque nous sommes
à la maison, mais une fois que nous sommes partis, plus souvent
qu'autrement, tout ce dont nous rêvons, c'est le jour où nous
retournerons chez nous."

Ayant l'impression que Noxys ne l'écoutait plus depuis
quelques instants, Aile-d'or tourna la tête pour la voir. La dragonne
avait une patte sur le cœur, se serrant la poitrine comme si elle était
en train de faire une crise cardiaque. Son regard était livide, elle
semblait être disparue dans un autre monde. Si un dragon pouvait
pâlir à cause d'un malaise, elle aurait été plus blanche que neige.
Ses paupières étaient devenues de couleur sombre pratiquement
instantanément.

Aile-d'or posa sa main sur son genou et la secoua en demandant : "Hé! Noxys, est-ce que ça va?" Ne recevant aucune réponse, il l'agita encore plus fort et reprit : "Noxys, y a-t-il quelque chose qui ne va pas?"

Noxys ne réagissait pas, mais bondit sur ses quatre pattes en disant doucement et très lentement : "Tamira."

Aile-d'or, ne comprenant pas ce qui se passait, se leva également, sa paume instinctivement sur le manche de son épée, scrutant tous les recoins à la recherche d'un danger quelconque. Ne voyant rien, son attention se posa sur Noxys. Il prit une profonde inspiration et cria : "Noxys! Tu vas me répondre?"

Noxys, toujours avec le regard dans le vide, ne réagit pas. Elle se contenta de tourner la tête en direction de la cour et dit : "Tamira, que t'arrive-t-il pour que tu aies si mal? Quelle est cette annonce qui te déchire au seuil du supportable?"

Aile-d'or comprit alors ce qui se passait. Tamira venait d'apprendre la nouvelle de son père, et étant donné que Noxys était liée émotionnellement à Tamira depuis leur naissance, elle ressentait ce que Tamira vivait en ce moment, conclut-il.

Noxys prononce tous simplement : "Tiens bon, Tamira. J'arrive!" Et elle s'envola en direction du cimetière situé au nord du domaine sans rien rajouté.

Lorsque Noxys atteignit la muraille face au cimetière, elle trouva Tamira assise sur le rebord. Le visage caché entre ses mains, elle se parlait à elle-même tout en sanglotant. Noxys songea en la voyant : "Je suis là, Tamira, tien bon." À cet instant précis, Tamira tourna la tête vers Noxys, le trait rempli d'étonnement, les joues détrempées de larmes. Elle ne prêta pas attention au poignet qui commençait de la démanger. Elle ne comprenait pas ce qui venait de se passer. Elle ne pensait plus à ses frères ni à son père. Ce qui venait de se produire l'avait prise au dépourvu.

"Ai-je bien entendu sa voix dans ma tête, sans qu'elle ne prononce un seul mot?" se demanda-t-elle. Noxys s'arrêta net dans les airs, la patte la démangeait à présent. Son regard était fixé sur Tamira, apeuré, les yeux exorbités, elle se mit à gratter sa peau.

Tamira cria à Noxys : "Que nous arrive-t-il? Est-ce que je rêve?"

Noxys, toujours en vol stationnaire, ne savait pas quoi répondre. Était-ce le lien dont Avalon leur avait parlé ou simplement un rêve éveillé? La démangeaison de leurs mains était devenue insupportable. Noxys lâcha son attention sur Tamira pour regarder ce qui pouvait causer cette douleur désagréable. En voyant sa propre patte, elle cessa de battre des ailes et tomba d'une dizaine de pieds avant d'entendre Tamira crier.

"NOXYS!"

Se rendant compte qu'elle était en train de chuter librement, Noxys donna quelques battements d'ailes afin de reprendre de l'altitude. Tamira avait les mains fermement appuyées sur la bordure de la muraille, les doigts devenus foncés à force de serrer la pierre, le souffle coupé, craignant que Noxys ne s'écrase au sol. Lorsqu'elle vit sa compagne remonter dans les airs, Tamira soupira de soulagement. Noxys atterrit juste à côté d'elle, le regard déconcerté.

Tamira se dépêcha de lui dire d'une voix inquiète : "Je n'ai pas seulement senti ton approché, je t'ai entendue me parler. Que se passe-t-il? Est-ce que ça t'arrive aussi?"

Noxys regarda à nouveau sa patte, faisant une grimace, les dents serrées, tout en le frottant férocement, et répondit : "Oui, Tamira, mais ce qui me dérange le plus, c'est cette foutue démangeaison et cette marque qui est apparue sur ma peau au même moment."

Tamira observa la patte de Noxys et constata qu'effectivement, une empreinte complexe d'une couleur argentée, semblable à celle présente sur son visage, était surgie. En regardant Noxys se gratter frénétiquement, elle réalisa que sa propre main démangeait de plus en plus. Sans s'en être rendu compte, elle s'était également mise à se gratter violemment. Tamira cessa de se racler et releva délicatement la main. Elle vit le même symbole laborieux que sur celle de Noxys. Une marque qui n'avait jamais été là auparavant. Tamira se demanda : "Mais qu'est-ce que c'est?"

Noxys, sans s'être aperçue qu'elle n'avait pas formulé cette phrase à voix haute, répondit : "Je ne sais pas, mais j'aimerais bien le savoir."

Tamira la regarda et dit : "J'ai la même marque que toi au même endroit. Sans parler du fait que tu viens de répliquer, mais je n'ai rien dit. Je l'avais seulement pensé. Comment est-ce possible?"

Noxys, aussi perdue que Tamira, lança : "Mais ce n'est pas possible! Du moins, cela ne s'est jamais vu entre Drumains et dragons. Les cheval-tigres communiquent de la sorte entre eux et leurs maîtres, mais jamais entre Drumain et dragons."

Tamira caressa délicatement le dessus de la patte de Noxys et lui dit par la pensée : "Gardons ce secret entre nous tant que nous n'aurons pas trouvé ce qui nous arrive."

Noxys la fixa droit dans les yeux puis lui retourna la réflexion : "Oui, je suis d'accord avec toi, mais toi comment vas-tu? Lorsque j'étais avec Aile-d'or, je t'ai sentie agoniser de douleurs."

Tamira ouvrit la bouche et la referma, elle ne voulait pas prononcer les mots qui semblaient si pénibles à entendre de nouveau. Elle se contenta d'utiliser leur nouveau don pour lui dévoiler l'horrible nouvelle. Noxys ne fit pas un son et se contenta d'écouter les pensées de Tamira. Les yeux humides ne suffisaient plus à retenir les larmes; l'une d'elles trouva le moyen de s'échapper et longea le visage de la dragonne.

Après avoir révélé l'information, Tamira résuma sa dernière pensée à voix haute. "Ils n'ont pas retrouvé Firamire, et Miro, il n'a pas pu confirmer son décès, car il est inconscient." Elle prit une profonde respiration, essuya ses larmes du revers de la main et d'une voix ferme affirma : "Il n'est pas mort, je le sens dans mes tripes. S'il avait péri, je le saurais. N'est-il pas mon jumeau? Nous avons toujours été très proches et très connectés."

Noxys, voyant la lueur d'espoir briller dans le visage de Tamira, ne trouvant pas quoi dire, songea simplement : "Et que souhaites-tu qu'on fasse? As-tu parlé à ton père?" Elle prit la parole pour finir sa pensée : "On ne peut tout de même pas partir à sa recherche?"

Tamira lui tourna le dos tout en croisant les bras et regarda en direction du cimetière. Fermant les yeux, elle répondit : "Oui, c'est justement ce que j'avais en tête."

"Mais ton père ne l'approuvera jamais. De plus, tu es une femme et les femmes n'ont pas le droit d'aller au combat. Tu n'es pas un Dragonnier, seuls les hommes sont nommés ainsi." Noxys termina sa pensée en se disant : "Et nous n'avons même pas d'armures ou de protections."

Tamira mit ses deux mains sur ses hanches et avec une voix ferme et pratiquement offusquée, rétorqua : "Justement, je ne serai jamais un Dragonnier. Je serai la première Dragonnière. Ensemble, nous allons le retrouver et le ramener à la maison, vivant." Elle conclut en se déclarant : "Tiens bon, mon frère, nous venons te chercher."

"Et ton père?" demanda Noxys. "Sans parler du fait que tu es la dernière de la lignée."

Tamira répondit en se retournant brusquement : "Il ne pourra rien faire, mon choix est fait. Je ne suis plus une gamine et j'ai décidé que je ramènerais mon frère à la maison. Je dois absolument aller lui dire que nous partirons bientôt à sa recherche, avec ou sans son consentement." Sur ces dernières paroles, Tamira tourna les talons et se dirigea vers les escaliers.

Noxys, avec un sourire malaisé, eut cette réflexion : "Vraiment, le fruit n'est pas tombé loin de l'arbre avec elle."

"Je t'entends!" cria Tamira.

"Shit! Je vais devoir me surveiller." Répliqua Noxys, le moins fort possible.

"Je t'ai encore entendue," répondit Tamira sarcastiquement en s'éloignant.

Noxys, prise au dépourvu, secoua la tête et se tapota doucement le visage avec la paume de la main. Par réflexe, elle se dit : "À partir d'aujourd'hui, ça ne sera pas facile de lui rendre ses mauvais coups."

Noxys entendit dans sa tête : "Non, ce ne sera pas facile… Mais je t'entends quand même, même si je ne te vois plus…" Et elle entendit le rire de Tamira résonner dans l'escalier qu'elle venait d'emprunter.

Entre-temps, Ducan sortit de la bibliothèque, un grand livre dans les bras, dont la couverture était faite d'une épaisse cuirasse de peau de dragon vert avec des reflets bruns. On pouvait y lire sur la jaquette : "Histoire du Firmament Astral".

Feragil, en garde à vue d'un côté de la porte et un autre Mains-de-Fers de l'autre côté, s'inclinèrent à la vue de Ducan. "Feragil, qu'on prépare des suites pour nos invités et nous aurons une réunion du conseil dans deux tocs de lune!" Tout en gardant les yeux fixés sur son livre, Ducan reprit : "Qu'on envoie également quelqu'un chercher ma fille et je ne désire pas être dérangé."

Avalon, arrivé dans le corridor, regarda Ducan et dit : "Il est temps de mettre le grand livre à jour?"

Ducan leva les yeux et répondit : "Moi qui souhaitais ne pas avoir à réécrire de telles nouvelles de mon vivant!" Une larme se détacha de son menton pour atterrir sur la reliure du livre. Ramenant son attention vers la couverture, il prit le rebord de sa chemise dorée pour l'essuyer. D'un ton doux, il dit : "Avalon, j'aurai également besoin de nouvelles feuilles de parchemin, ainsi que ma plume et mon encrier dans mes quartiers."

"Oui, cher ami, tout de suite!" Répliqua Avalon.

Chapitre 5

Les secrets du passé

Lucien sortait des quartiers royaux avec plusieurs anciennes plumes desséchées et quelques éclaboussures d'encre noire sur les doigts, en se disputant avec lui-même. *"La vieille va sûrement me traiter de cabochon si elle me voit tout taché d'encre. Je parie qu'elle va me demander combien de pouces on devra m'amputer pour éviter que je laisse échapper une petite bouteille d'encre."* Avalon lui avait réclamé de se hâter pour les rapporter à Ducan.

Tamira, qui passait à côté de lui, s'arrêta et lui demanda : "Est-ce que mon père est dans sa suite?"

Lucien semblait tellement absorbé par ses scénarios avec sa femme qu'il ne l'entendit pas et continua son chemin. Tamira fronça les sourcils et se dirigea vers l'un des gardes à l'entrée de la chambre.

À peine avait-elle eu le temps de dire. "Est-ce que mon père est dans…"

Le garde répondit. "Votre père vous attend, chère Tamira." Et il s'écarta pour la laisser passer.

Ducan était debout face à la grande fenêtre qui surplombait son immense bureau en bois massif. Les mains derrière le dos, il était baigné par les rayons du soleil qui filtraient par les vitraux. Perdu dans ses souvenirs, il n'entendit pas Tamira entrer.

"Père… Père!"

Aucune réponse. Tamira s'approcha du bureau et vit le livre de famille, réalisé par les artisans-relieurs de Métado. Elle n'avait jamais eu le droit de le consulter, car cet ouvrage était réservé aux conseils du domaine.

Tamira caressa la couverture et dit : "Ils ont vraiment effectué un magnifique volume avec ce livre."

Ducan se retourna et répondit à son tour : "Oui, notre ancêtre avait ordonné que l'on utilise la cuirasse de son dragon décédé en guise d'hommage. On dit que sa monture avait les écailles la plus résistante et la plus douce jamais vues."

Un silence s'installa. Tamira continuait de frôler la reliure pendant que Ducan l'admirait, sans trop savoir comment aborder le sujet. Quelle magnifique femme elle est devenue, le portrait de sa mère! Pensa-t-il.

"Tamira, je t'ai fait venir parce que nous devons jaser de ton futur en tant que chef de famille et de ces…"

Tamira l'interrompit en lui annonçant : "Justement, je venais également vous parler de mon avenir immédiat."

Ducan la regarda, intrigué, sans toutefois comprendre ce qu'elle lui disait. Il était préoccupé par toutes les choses qu'il devait planifier avant l'événement. Tout ce qu'il entendait était le brouhaha cacophonique des mots sortant de la bouche de Tamira, sans parvenir à en saisir le sens.

Soudain, une parole prononcée par Tamira résonna dans sa tête, attirant instantanément son attention. "Partir? Où ça, partir?" répéta Ducan, sur le même rythme que les syllabes vibraient dans son esprit. "Il n'est pas question que tu quittes la demeure. Pour aller où?"

Tamira s'arrêta brusquement pour laisser son père parler, puis reprit. "Mais père, je viens de te le dire, je dois partir à la recherche de mon frère, c'est impératif…"

Ducan leva la main avec deux doigts vers le haut, un geste bien connu de tous, le signe de Silentas réclamait le silence immédiat. Nul ne devait prononcer une seule syllabe, à l'exception du doyen de la salle.

"Il n'en sera rien", reprit Ducan.

Tamira, refusant de se résigner, insista et brisa le silence pour la première fois de sa vie. "Mais père, à quoi bon m'avoir enseigné la défense et le combat si c'est pour que je reste simple femme au foyer? Vous savez bien que je suis plus forte que tous mes frères à l'épée et à l'arbalète, que je suis une cavalière accomplie."

Comme si sa défunte épouse pouvait l'entendre, il contemplait le portrait d'elle accroché au mur et marmonna. "Tu vois, je te l'avais bien dit qu'un jour ça finirait par revenir pour nous mordre le cul…"

Tamira regarda son père, comprenant qu'il s'adressait à sa mère décédée, et demanda : "De quoi parlez-vous, père?"

Ducan, fixant intensément le portrait de sa conjointe, esquissa un sourire agacé et répondit d'une voix très calme : "Je parle du fait de t'avoir élevée comme un garçon, de t'avoir formée de la même façon que je l'ai fait avec tes frères…"

"Je ne vous suis pas, père", répliqua Tamira d'un ton légèrement agacé.

"Te souviens-tu de…" Ducan fit une pause et dirigea son attention vers le somptueux canapé situé au centre de la pièce, juste en dessous du portrait. Tamira suivit son regard, comprenant que son père s'apprêtait à évoquer les derniers moments qu'il avait passés avec sa mère.

Jadis, ce même canapé se trouvait dans les appartements royaux, mais sur la demande de Ducan, il fut déplacé dans le bureau après le décès… Ce n'était un secret pour personne dans le domaine que lors des derniers souffles de la dame de la maison, elle était allongée sur ce canapé, tandis que son mari restait agenouillé à son chevet pendant plusieurs jours, sans manger ni dormir. Ducan avait conservé ce meuble comme un souvenir des derniers moments passés auprès de son épouse bien-aimée. Personne n'avait osé s'y asseoir depuis lors…

Ducan reprit d'une voix douce, mais chancelante et demanda. "Viens, on va s'asseoir un peu, je dois t'expliquer certaines choses…"

Appréhendant ce moment, Ducan soupira en s'asseyant sur le divan. Il caressa les contours en velours comme s'il les découvrait pour la première fois, examinant la qualité du tissu. À voix haute, mais sans s'adresser directement à sa fille, il dit : "Elle me manque tellement… Tout était plus facile lorsqu'elle était à nos côtés… Sa voix douce savait apaiser les instants les plus difficiles."

Tamira observa son père, voyant perler une larme qui prenait forme d'un coin de l'œil pour courir le long de sa joue. Elle s'approcha tranquillement pour prendre place à ses côtés. "Elle avait une façon bien à elle d'entrevoir la vie…"

Doucement, Tamira s'empara d'une des mains de son père entre les siennes, interrompant ses pensées. Ducan releva les yeux pour les plonger dans ceux de sa fille. Après quelques minutes d'un regard soutenu, il esquissa un léger sourire, les yeux pétillants. Puis son regard s'évada, outrepassa même celui de Tamira, il surpassa en outre le temps pour se plonger au cœur de ses souvenirs.

"Déjà jeune, tu avais un tempérament rebelle et fort. Ta mère me le disait constamment, dès la première fois où elle a posé les attentions sur toi... Elle répétait : "Tu vois ses yeux? Ce sont les yeux de son père, et elle sera comme toi un jour... Toujours à faire des farces au moment inopportun, un caractère aussi solide que la carapace d'une tortue marine, un sens du devoir et un cœur trop grand pour une vie d'homme."" Ducan soupira, regarda le plafond et éclata de rire...

"Pourquoi riez-vous, père?" demanda Tamira.

Ducan la regarda avec un sourire, tournant entre ses doigts sa longue barbe, et répondit : "Plus tu grandissais, plus je commençais à le voir... Aujourd'hui, je me demande si je le voyais vraiment ou si j'ai fini par y croire puisqu'elle me le répétait sans cesse. Cela dit... il est certain que tu as hérité de ses courbes et non des miennes..."

Tamira, cherchant à taquiner son père, répliqua d'un ton moqueur : "Es-tu sûr? Parce que je ne sais pas si mon bustier aurait mieux convenu à toi ou à maman..."

"Es-tu sûr?", demanda Ducan.

Tamira éclata de rire. Au fur et à mesure de la conversation, les deux s'abandonnèrent de plus en plus aux souvenirs du passé...

Après un moment, Tamira regarda son paternel et demanda : "Père, pourquoi exactement m'as-tu appris comment devenir un dragonnier?"

Ducan le dévisagea et dit : "Ta mère... C'est ta mère qui me l'a fait promettre..."

"Je ne comprends pas, père..." Tamira était encore perplexe face à cette réponse...

Ducan soupira profondément et commença à raconter comme s'il contait une histoire... "Il y a plusieurs lunes de cela, ton frère jumeau Firamire a rencontré vos âmes sœurs avant la cérémonie d'introduction."

Tamira se laissa emporter par ses paroles, plongeant dans un monde magique de souvenirs et de contes.

(Souvenir de Tamira et de son frère jumeau)

Firamire était un petit garçon curieux, fréquemment entraîné par les idées de sa sœur... Alors qu'il tombait des cordes à l'extérieur, les deux enfants, hauts de trois pommes, décidèrent ce jour-là de jouer à cache-cache dans les corridors du domaine…

Tamira, courant comme toujours, s'exclama : "Firamire… Aujourd'hui, je vais te trouver!"

Tamira était souvent la meilleure à ce jeu.

Firamire, qui pouvait entendre sa sœur s'époumoner non loin de là, résolut qu'elle ne parvienne pas à le trouver cette fois-ci… Il prit donc, à vive allure, l'un des couloirs qu'il n'utilisait jamais afin d'aller se cacher dans une pièce où ils n'avaient pas la permission d'aller, espérant faire chercher sa jumelle le plus longtemps possible… Il s'arrêta net devant deux grandes portes. C'était la chambre des joyaux… Firamire connaissait cette salle, mais n'en avait jamais vu l'intérieur… Il ouvrit le passage juste assez pour s'y glisser furtivement, puis le rabattit doucement derrière lui, veillant à ne faire aucun bruit qui pourrait indiquer où il s'était échappé…

Une fois l'entrée refermée, Firamire se retourna et s'adossa à celle-ci pour reprendre son souffle. Les yeux fermés, sans avoir encore regardé devant lui, un sourire béat s'afficha sur son visage. Il s'imaginait voir Tamira déambuler dans les couloirs à sa recherche sans jamais le trouver. Ce serait une première victoire pour lui…

"Elle ne me retrouvera jamais dans cette pièce", se dit-il avec satisfaction.

Une fois son souffle repris, il ouvrit les yeux. Comme s'il n'y voyait pas assez bien, il les frotta avec ses poings puis les écarquilla encore davantage, à tel point qu'ils semblaient presque exorbités. Sa mâchoire pendait, prête à se décrocher tellement elle s'agrandit sans émettre le moindre mot.

Au centre de la pièce se dressait une immense statue de dragon, sur deux pattes, tenant un œuf de dragon entre ses serres, offrant cette offrande au ciel au-dessus de sa tête. La sculpture s'élevait pratiquement jusqu'au plafond, situé à une centaine de pieds de hauteur. Les murs du dôme étaient en marbre bleuté, s'étendant sur une soixantaine de pieds. La coupole était faite de verre transparent, ornée de fresques givrées racontant l'histoire de l'origine des dragons selon les légendes. À chaque point cardinal, un buste de dragon était présent, les mains positionnées de manière à déverser une fontaine d'eau provenant du dôme les jours de pluvieux, comme aujourd'hui. Quant à la pointe centrale du dôme, elle était ouverte vers le ciel, laissant l'averse tomber directement sur l'œuf sculpté, l'arrosant naturellement. La statue servait de régulateur de température, conservant la fraîcheur lors des journées chaudes et irradiant la chaleur accumulée pendant les nuits froides.

Firamire avançait en contemplant l'endroit et comprit pourquoi le berceau des dragons était nommé la chambre des joyaux. Du moins, il le croyait jusqu'à ce qu'il entende une voix lui dire : "Aïe, tu me prends pour un défaut du plancher?"

Surpris par cet interlocuteur, pensant être seul, il effectua un bond en arrière. Puis, il perçut une deuxième voix qui le fit sursauter à nouveau : "Que se passe-t-il, sœurette?"

Une masse violette émergea d'en dessous du feuillage, le dévisageant d'un air mécontent, tenant sa queue dans une patte et la caressant avec l'autre. Elle répondit au second interlocuteur que Firamire n'avait pas encore repéré : "Ce petit homme m'a pris pour un défaut du plancher... Il vient de me piétiner le bout de la queue avec sa botte."

Firamire, pris par surprise, mais très certainement désorienté, bafouilla en s'excusant. "Désolé... euh, je ne voulais pas..." Alors qu'il tentait de reculer, il perdit pied et tomba sur ce qu'il avait auparavant cru une roche lorsqu'il l'avait dépassé. Il réalisa alors que c'était beaucoup trop mou pour être un simple gros caillou...

La forme grise lui répondit : "Hé! l'ami, je te tiens…" Tout en l'attrapant par le bras pour l'empêcher de basculer à nouveau. En le redressant délicatement, il lui dit : "Mais tu devrais faire attention à l'endroit où tu vas…"

Firamire épousseta ses vêtements pour les remettre en ordre. Puis, il releva les yeux afin d'apercevoir la masse en mouvement. Au fur et à mesure que la forme s'étirait, il réalisa qu'il s'agissait en fait d'un deuxième dragon. "Qui êtes-vous?" sollicita Firamire, n'ayant jamais vu ces deux petits êtres auparavant…

"Je te présente ma sœur jumelle Noxys, et moi, je suis Miro. Et toi, qui es-tu?" répliqua Miro.

"Je suis Firamire. Mais vous êtes p'tits pour des dragons", dit Firamire, étonné de leur taille.

Noxys répondit d'un ton visiblement vexé : "Parle pour toi, tit Drumain…"

Firamire se tourna vers Noxys, la dragonne mauve, et demanda : "Quel âge avez-vous?"

Noxys répondit : "Six ans, et toutes mes dents." Elle lui adressa un large sourire qui n'avait rien d'amical.

Miro se dépêcha de préciser : "Et demi… Et toi?"

Firamire regardait tour à tour Miro et Noxys sans dire un mot…

Noxys, toujours en attente de la réponse à la question de Miro, reprit : "Le chat t'a mangé la langue ou tu as juste la boussole déréglée pour avoir l'air aussi perdu?..."

Firamire répondit en bondissant d'excitation : "Eurêka! Je sais qui vous êtes…"

Noxys répliqua d'un ton sarcastique : "Peux-tu être un peu moins précis, on comprend vraiment trop bien ce que tu articules?"

"C'est pourtant évident, Noxys…" Firamire commença à expliquer, mais Noxys et Miro se regardèrent, perplexes, ne voyant toujours pas ce qu'il voulait dire.

Miro demanda : "Plus de détails, s'il te plaît."

Firamire contempla Noxys et dit : "Oui, oui… Toi, tu es mauve, donc tu dois être la dragonne de ma sœur jumelle, Tamira. Et toi… Eh bien, toi, OK, tu n'as pas encore ma teinte et je ne sais pas pourquoi, mais je suppose que tu es mon dragon… Mon propre dragon à moi!"

Miro le regardait légèrement vexer et dit : "Tu devrais savoir qu'il nous reste aussi six longs mois avant que nos écailles aient fini de prendre leurs couleurs avant la cérémonie. Je suis né en deuxième, c'est pour ça…"

Miro n'avait pas fini de parler, que Firamire sauta au cou de ce qui deviendrait son dragon à l'âge de sept ans et le souleva dans les airs en s'écriant : "J'ai mon propre dragon! Mon dragon rien qu'à moi! Enfin!"

Noxys éclata de rire et disant : "Si tu veux vraiment qu'il soit ton dragon, tu devrais peut-être lui donner une chance de respirer…"

Firamire relâcha immédiatement Miro, visiblement toujours aussi excité.

Miro reprit son souffle, secoué par l'étreinte, et dit : "Un jour, je serai beaucoup plus grand que toi… J'aurai peut-être l'occasion de te rendre la pareille… Advenant que je survive jusqu'à ce jour-là…" Les trois nouveaux compagnons se mirent à rire de plus belle…

Pendant ce temps, Tamira, qui scrutait les couloirs et les pièces à la poursuite de son jumeau, entra en collision avec Lucien, qui manifestement ne perdit pas la chance de lancer une conversation, demanda : "Mais où cours-tu comme ça, ma jolie petite Tamira?"

Tamira, visiblement déconcertée, répondit : "Je suis à la recherche du moindre indice pouvant m'indiquer où peut bien se cacher mon frère. Nous jouons à cache-cache, et malgré mes recherches dans tous les recoins, je ne parviens pas à le retrouver, et cela fait déjà un bon moment que je le cherche." Tout en sautillant sur place, impatiente comme une enfant pressée d'aller aux toilettes, elle demanda : "Lucien, auriez-vous une idée de l'endroit où il aurait pu passer?"

L'aîné posa son menton sur le manche de sa serpillière, l'air songeur. Il murmura avec une attitude des plus malcommode : "Mais si je te dis quelque chose, cela ne serait-il pas de la triche? Non?"

Tamira joignit ses mains en signe d'imploration et demanda : "S'il vous plaît!"

Lucien roula des yeux et répliqua : "Je ne sais pas... Tu sais, cela va à l'encontre de l'éthique d'un bon joueur..." Il s'efforça de contenir le sourire qui lui tirait les joues pour rester sérieux.

Soudain, un bruit sourd se fit entendre derrière eux.

"Hum! Hum..."

Lucien se redressa immédiatement pour reprendre le lavage du sol en répondant : "Je ne sais pas, ma chère Tamira."

Tamira n'avait pas remarqué l'arrivée de Fiona, la femme de Lucien. Étant plus petite que lui, elle s'était approchée silencieusement et se tenait juste derrière lui, les bras croisés en signe de désapprobation. "Tu sais, mon vieux, il reste encore beaucoup de travail à faire avant le souper, et je n'ai pas l'intention de faire des heures supplémentaires."

Tamira s'écarta légèrement pour pouvoir apercevoir Fiona, qui semblait visiblement en colère. Puis elle se risqua : "Et toi, Fiona, as-tu vu mon frère?"

D'un ton bien à elle, Fiona répliqua en tournant les talons : "Je ne prends pas le temps d'observer tous vos va-et-vient, je n'ai pas le temps pour ces balivernes." Et d'une tonalité des plus autoritaires, elle ajouta : "Quant à toi, mon chéri, termine ton travail."

Lucien la regarda s'éloigner et lui répondit : "Oui, mon amour!" Puis, se retournant vers Tamira avec un large sourire, il lâcha la serpillière d'une main et murmura d'une voix inaudible :

"Par..."

Tamira, ne comprenant que le premier mot, fit une grimace d'incompréhension tout en levant les deux paumes ouvertes vers les airs au niveau des épaules...

Fiona reluqua au loin dans sa direction. "Allez, le vieux, les couloirs ne se laveront pas tout seuls!"

"Oui, oui, mon amour! Je moppe, je moppe telle une tornade, j'avale toute la poussière sur mon passage..." Tout en jetant un coup d'œil dans la direction de Fiona, Lucien pointa du doigt sur la droite à Tamira. Tamira imita son geste, surprise par la direction indiquée par Lucien. Celui-ci hocha la tête en signe d'approbation. Aussitôt, Tamira haussa un sourcil et se précipita pour disparaître dans le couloir pointé.

Lucien se remit à fredonner tout en continuant son travail, affichant un grand sourire.

Arrivée au bout du corridor, elle s'arrêta. Ne croyant pas que son frère aurait été dans la pièce des joyaux, elle hésita entre l'embranchement de droite et celui de gauche. Opérant un demi-tour sur elle-même, elle plaça sa main sous son menton et l'autre sous son coude, puis elle se mit à tapoter sa joue avec son index, se demandant si elle devait rebrousser chemin. Lucien lui avait-il indiqué la mauvaise trajectoire? Perdue dans ses pensées, elle n'entendit pas la porte qui s'entrouvrait derrière elle... Une petite main l'agrippa par l'épaule, la faisant sursauter. Elle laissa s'échapper un cri de peur et entendit au même moment une voix derrière elle qu'elle reconnut immédiatement. C'était celle de son frère qui lui chuchotait doucement : "Chut! Tais-toi et suis-moi. Vite! Vite! Suis-moi! Je veux te montrer quelque chose!" Les deux enfants disparurent dans l'ouverture de la porte menant à la chambre des joyaux.

Tamira sortit de ses pensées lorsqu'elle entendit Ducan rire aux éclats...

"On n'avait pas tout de suite compris pourquoi tu ne semblais pas tout à fait surprise ou excitée de rencontrer ton dragon", reprit Ducan.

Tamira, qui n'avait pas suivi la conversation, absorbée par ses propres souvenirs, se contenta de hocher la tête et dit : "C'était le bon vieux temps."

C'était au tour de Ducan de ne pas piger où en était Tamira avec cette réponse générique. Il reprit donc sa phrase et enchaîna : "Oui, c'était le bon vieux temps… À cette époque, on venait de comprendre qu'on ne pourrait pas vous retenir trop longtemps, toi et ton frère. Vous ne faisiez rien comme les autres." Il arrêta de gesticuler, prit une pause avec un grand soupir. "J'ai eu très peur lorsque tes frères ont entraîné ton jumeau au front, de peur de ne pas pouvoir te garder ici pour ne pas te perdre", souffla-t-il.

Tamira prit la main de son père dans les siennes et dit d'un ton doux : "Vous ne m'auriez pas perdue, père. Je suis aussi têtue que toi, même la mort ne voudrait s'obstiner avec moi."

Ducan laissa échapper à nouveau une larme. Il reconnaissait dans ce geste et cette façon réconfortante de parler les marques de son épouse. "Donc…" reprit-il. "Où en étais-je? Ah oui!"

Ducan, en renouant ses gestes, continua son histoire : "Peu de temps après que vous ayez reçu vos dragons… Je suis sûr que tu t'en souviens… Firamire a tenté de t'expliquer, à quelques reprises, comment vaporiser délicatement les fleurs artificielles avec le liquide qui attire les abeilles pour qu'elles butinent les fleurs des fruitiers dans la cour..." Ducan claqua des doigts et dit : "J'oublie toujours le nom de ce produit."

Tamira s'apprêta à répondre, mais fut aussitôt interrompue par Ducan qui continua : "Peu importe... Mais cette saison-là, ta mère est venue me voir pour m'annoncer qu'elle ne comprenait pas ce qui arrivait. Elle m'avait dit : "Il doit y avoir quelque chose qui ne va pas avec les abeilles, car il y a beaucoup de petites abeilles qui se retrouvent mortes autour des fausses fleurs..." Et c'est resté comme ça, sans en dire plus, elle était repartie vaquer à ses occupations."

Tamira se souvint de l'événement et fit un léger sourire embarrassé.

Ducan la regarda avec un air moqueur et affirma : "Je présume que tu t'en souviens?"

Tamira afficha un sourire embêté et laissa échapper entre ses dents un petit. "Ouais, les pauvres! Maman n'était vraiment pas contente ce jour-là."

Après un soupir pénible, elle reprit : "J'aspergeais les fleurs avec le produit, mais en mettant le jet au maximum… Et maman m'a crié d'arrêter en courant de l'autre côté du jardin…"

Ducan continua : "Et oui! Le fait d'asperger au maximum avait pour effet de bloquer les ports de la fausse fleur, et les abeilles qui tentaient de butiner se cassaient l'aiguillon ou la mandibule… Tu sais, cette petite partie au bout? Tu sais de quoi je parle?"

Tamira répondit d'un air sombre : "Oui… Ça a également été la dernière fois que maman est sortie dans le jardin ce jour-là…"

Ducan reprit d'un ton plus triste : "Oui, ce jour-là, ta mère est tombée gravement malade."

Il se ressaisit et continua : "Ta mère te trouvait trop brusque pour des choses si délicates. Elle disait que tu étais un vrai garçon manqué, le derrière d'une déesse avec l'attitude d'un guerrier…" Il regarda le portrait de sa femme avec un petit sourire. "À chaque fois que ta mère me sortait cette phrase, je répliquais que tu n'avais pas le choix, car tu lui ressemblais trop pour faire autrement." Il prit une pause puis, d'un ton neutre, il ajouta : "C'est ta mère qui m'a demandé de t'entraîner comme un dragonnier, même si ce n'était pas approprié et contre mon avis…"

Ducan se laissa emporter par la mémoire des derniers moments au chevet de sa femme, où elle lui réclamait de prendre soin des enfants et de permettre à Tamira de s'exprimer pleinement et de ne pas être limitée…

D'une voix empreinte de tristesse, il poursuivit : "La dernière fois qu'elle m'a dit cette phrase, c'était sur son lit de mort."

Ducan voyait à nouveau dans ses souvenirs Shina lui répéter. "Elle te ressemble tellement plus, mon chéri… Elle a le corps d'une petite fille, mais elle a ton esprit…"

Il riposta : "Non! Elle te ressemble définitivement plus, mon amour…"

Shina, les yeux pétillants de passion pour son mari, le regarda profondément et dit : "Non mon amour, c'est là où tu te trompes. Elle a peut-être mon physique, mais elle est vraiment plus tête de mule et inventive, comme toi… Tu ne réussiras jamais à la restreindre… D'ailleurs, c'est pour ces qualités que je t'ai aimé dès la première fois que je t'ai vu. Tu avais environ seize ans et tu étais assis par terre en train de confectionner un petit appareil avec tes minuscules tournevis… On ne savait pas ce que c'était, mais on se doutait que ce devait être encore un bidule pour jouer un mauvais tour à quelqu'un… ça t'a pris deux ans avant de te rendre compte que j'existais… Quoi que je fasse, tu semblais toujours occupé à imaginer de petits gadgets et j'avais l'impression d'être invisible… Jusqu'au jour où tu as conçu la cuillère sautillante…"

Ducan répondit avec un gros sourire : "Ah oui, ce fut ma meilleure invention… Je ne savais pas comment t'aborder et cette idée a changé ma vie…"

Shina continua : "Tu aurais pu le faire au moins un jour où il y avait moins de monde pour souper, mais c'était toi, constamment imprévisible, au moment où on s'y attendait le moins… Il devait y avoir environ deux cents personnes ce jour-là autour de la table… On me sert mon plat et moi qui avais justement très faim, je viens pour prendre ma cuillère pour mon potager de patates et l'ustensile se mit à sauter comme une sauterelle à chaque fois que ma main s'en approchait… Tu t'en souviens?"

Ducan ricana avec un sanglot et une légère tristesse nostalgique.

Shina continua : "Sur le coup, je me préoccupais seulement de ma cuillère tellement j'avais faim… J'étais sur le point de le boire à même le bol. Jusqu'à ce que je me rende compte que je n'entendais plus un son dans la salle…"

Ducan poursuivit le souvenir : "Oui, à ce moment-là, tu t'es arrêté net. Tu étais à genoux sur ta chaise, la langue sortie en coin, une main sur la table, l'autre au-dessus, comme si tu t'apprêtais à attraper une truite à main nue dans un ruisseau juste au-dessus de ta cuillère. Tu courais après une grenouille en forme d'ustensile…"

Ducan affichait un sourire plein d'admiration et de joie. "C'est à cet instant précis que tu as relevé doucement les yeux, et une couleur mauve a envahi tes belles petites joues vertes… Tu observais tranquillement autour de toi, on aurait dit que tu te déplaçais au ralenti…"

Shina répliqua, "Oui, tout le monde s'était arrêté, les yeux rivés sur moi, et je n'avais pas réalisé ce que je faisais…"

Ducan demanda, "Te souviens-tu quand tout le monde s'est mis à rire ?..."

Shina, d'un air moqueur, fit une grimace et répondit, "Bien sûr… Juste après que mon regard se soit posé sur toi. Je venais de comprendre ce que tout le monde avait déjà compris. Que c'était encore une de tes mauvaises blagues! J'étais tellement en colère et gênée que j'avais envie de te sauter dessus pour t'étriper…"

Ducan sourit et dit, "C'est exactement ce que tu as fait, si ma mémoire est bonne... Tu as bondi sur la table et tu as couru dessus devant tout le monde avant de te jeter sur moi... Et là, ils se sont tous mis à éclater de rire..."

Shina continues, "Et c'est à ce moment-là, au milieu de tout le monde, que j'étais après faire une folle de moi en te criant dessus..."

Ducan, perdu dans ses pensées, les yeux dans le vague, répondit, "Je ne savais plus quoi faire, et ça m'a échappé naturellement."

Ducan et Shina finirent la phrase en même temps en prononçant simplement, "Je t'aime."

Ducan poursuivit, "C'est également à ce moment-là que tu as cessé de me frapper et que tu m'as embrassé pour la première fois... J'étais aux anges..."

Shina prit un ton doux et affectueux et réitéra à Ducan, "Promets-le-moi!"

Ducan, les yeux pétillants, essayant tant bien que mal de cacher sa tristesse, serra sa femme dans une étreinte et répondit :

"Tout ce que tu veux, mon amour. Tout ce que tu veux, je le ferai pour toi…"

Shina rassurée répondit d'une voix très affaiblie pratiquement inaudible : "Merci, mon amour. Je t'aime…" Elle fit une pause puis continua : "Je suis fatiguée maintenant. Je crois que je vais dormir un peu." Ses yeux se fermèrent doucement.

À cet instant, Ducan entendit le dernier souffle s'échapper des lèvres de sa femme. Il sentit les bras de sa bien-aimée glissés discrètement sur ses épaules. Avec un léger sanglot et une voix à peine audible, il répéta : "Tout ce que tu veux, mon amour… Repose-toi bien maintenant." Après un long moment sans prononcer un mot, il se résigna à relâcher son étreinte. Duncan déposa délicatement son corps sur le divan, remonta la couverture comme il en avait l'habitude chaque soir pour la bordée."

D'un geste de revers de manche, il essuya ses larmes, exactement comme il l'avait fait à ce moment-là. Tamira, qui pouvait facilement s'imaginer la scène, ne put retenir quelques sanglots.

Ducan se leva brusquement et déclara : "Il est temps, je crois… Oui, c'est définitivement le moment…"

Tamira venait de le perdre à nouveau... Elle ne comprenait pas ce dont son père parlait... Le temps? Mais le temps pour quoi exactement? se demandait-elle.

"Allez, Tamira, lève-toi", lui dit Ducan en se retournant vers le divan.

"Oui, père, mais pourquoi est-ce le moment?", demanda Tamira, toujours visiblement sous le choc des émotions.

"Il est temps que je te transmette l'un des héritages de ta mère", dit-il en se mettant à genoux face au divan. Ducan glissa son bras sous le meuble à la recherche d'un point d'appui... Un léger clic suivi d'un claquement retentit depuis le dossier, puis le long coussin s'ouvrit comme un coffre.

Tamira, les yeux désormais grands ouverts, ne sachant pas à quoi s'attendre, était envahie par la curiosité. Elle sentait une horde de fourmis lui parcourir le corps, le picotement de l'excitation. Elle n'avait jamais connu la présence de ce compartiment secret, elle n'en avait même jamais soupçonné l'existence.

Ducan prit dans le compartiment un tissu qui recouvrait visiblement une longue boîte mince, puis se dirigea doucement jusqu'à son bureau. D'un ton délicat, il souffla entre ses dents comme s'il risquait de briser quelque chose juste en prononçant un mot. "Viens, Tamira… Ceci te revient de droit et il est temps que tu en prennes possession."

Tamira lui emboîta le pas, de plus en plus intriguée par toute cette délicatesse accordée à l'objet dissimulé.

Chapitre 6

Telle une traînée de poudre

Durant ce temps, la nouvelle se répandit telle une traînée de poudre dans tout le domaine.

Il n'y avait pas âme qui vive qui n'avait pas appris l'horrible tragédie.

Même Fiona, qui d'ordinaire arborait un air implacable qui s'apparentait à mi-chemin entre un mur de béton et le visage d'un cochon d'Inde ayant la rage et toujours après rechigner, avait perdu le moral.

Il était de coutume que lorsqu'un habitant des lieux devait quitter le domaine, une chandelle de vie lui était désignée. Cette chandelle devait être entretenue et maintenue allumée jusqu'à son retour. L'individu, une fois revenu, avait la responsabilité d'éteindre sa propre chandelle. En cas d'incident malheureux, un membre de la famille était chargé de l'éteindre, puisque dans ce domaine, tout le personnel était considéré comme faisant partie de la famille. Ducan, débordé, demanda donc à Fiona de s'en occuper.

Dans le hall d'entrée, on pouvait entendre deux bruits distincts. L'un d'entre eux était le grincement des pieds en bois d'un vieil escabeau traînant sur le sol de marbre. En raison de sa petite stature, Fiona n'avait d'autre choix que de tirer cet escabeau pour atteindre la hauteur de la bougie.

Le deuxième vacarme qu'on pouvait écouter était celui de Fiona.

Fidèle à elle-même, Fiona se déplaçait en ronchonnant. Sans détourner le regard des chandelles des garçons, elle déposa l'échelle devant le cierge du plus âgé et fit des allers-retours entre les quatre chandelles des fils de Ducan. À tour de rôle, elle leur lançait des bêtises comme si elle les sermonner en personne, l'un après l'autre.

Après une trentaine de minutes qui semblaient interminables pour quiconque aurait dû subir un tel sermonnage...

Non loin de là...

Bien avant l'arrivée de Fiona…

Aile-d'or, cherchant un peu de quiétude, s'était justement tapi dans l'ombre. Pour se changer les idées, il s'était mis à admirer le chandelier.

C'était un candélabre imposant, mesurant une dizaine de coudées de largeur sur deux longueurs d'homme en hauteur. Sculptée dans une seule pièce de tronc de dragonnier, cette œuvre ressemblait à une maquette racontant toute l'histoire de la famille partant de la gauche vers la droite. Sa forme rappelait un U couché sur le côté, avec les racines se recourbant au-dessus de la scène pour former un ciel et des nuages magnifiquement découpés, avec un diamant jaune symbolisant le soleil. Le long de ce ciel en bois, il y avait cinquante piliers dotés de petits crochets. Dix de ces crochets étaient recouverts de plaques de cuivre travaillé, portant le nom de chaque habitant parti en voyage. Au bout de chaque pilier, une chandelle de la longueur d'un bras d'homme scintillait. Les plaques de cuivre projetaient une ombre sur le sol, et la lumière filtrée à travers les lettres découpées permettait de lire chaque nom sur le la pierre du corridor.

Aile-d'or se perdait dans ses pensées, contemplatif de la façon dont chaque élément de cette demeure paraissait raconter une histoire, lorsque son attention fut attirée par un bruit soudain de grincement de bois raclant le sol, donnant un coup à chaque intersection des dalles. Sortant d'une pièce non loin de là, il aperçut une vieille dame qui traînait un objet qui semblait faire presque trois fois sa longueur. Il faillit se précipiter pour l'aider quand il l'entendit.

"Vous n'auriez pas pu rester à la maison, petits monstres! Ne voyez-vous pas qu'à cause de vous, je vais avoir tellement plus de boulot!"

Aile-d'or, écoutant le ton grincheux, se ravisa et demeura caché dans l'ombre. Il ne voulait pas s'interposer dans ce qui semblait être une dispute entre plusieurs individus. Fiona continuait de rechigner, et Aile-d'or s'attendait à voir apparaître au moins une autre personne à tout moment.

Fiona s'arrêta presque en face de lui, luttant pour déplier l'objet. Aile-d'or commença à se demander si cette vieille grincheuse n'était pas en train d'argumenter toute seule... Il se releva pour lui venir en aide lorsqu'il entendit la dame pointer du doigt l'une des bougies en criant : "Ne te rends-tu pas compte que tout le monde ici va devoir se taper plus de travail?" Elle reprit l'escabeau à deux mains et finit par l'ouvrir...

"Elle doit être bien plus forte qu'elle en a l'air", pensa Aile-d'or.

Ensuite, Fiona se retourna comme si de rien n'était et montra à nouveau de son index une autre chandelle en adoptant un ton des plus sévère. "Quant à toi, mon cher... N'as-tu pas honte? Tu es le pire de la gang... Avec ton attitude, tu vas nous faire perdre ta sœur jumelle..." Une oreille attentive aurait pratiquement pu croire entendre un léger sanglot qui fut vite étouffé.

Fiona n'en avait pas fini avec lui et reprit avec encore plus de rage dans sa voix. "Et ne fais surtout pas la sourde oreille, jeune homme, car tu sais très bien qu'elle fera tout pour te rejoindre, même si elle risque sa propre vie..."

Aile-d'or comprenait sa colère et discernait la mélancolie derrière cette attitude. Malgré son apparente nonchalance et son tempérament désinvolte, cette dame âgée les avait aimés à sa façon et aujourd'hui elle criait son chagrin...

Cela dura un moment, et Aile-d'or resta muet à l'écart, laissant Fiona exprimer toute sa peine à sa manière.

Finalement, Fiona sortit un éteignoir d'un compartiment dissimulé dans le chandelier. Son attitude avait changé, elle semblait moins en colère, mais plus triste.

Montant sur l'escabeau jusqu'à la dernière marche, on pouvait l'entendre fredonner une vieille mélodie que les veuves des anciens combattants avaient l'habitude de chanter… Arrivée à la hauteur de chaque mèche, elle murmura : "Au revoir, mon petit monstre, tu vas nous manquer… Aujourd'hui, j'éteins ta lumière, que la fumée de cette chandelle te guide vers le repos." Puis, à l'aide de l'éteignoir, elle éteignit la flamme avant de redescendre.

Elle répéta ce geste pour chacun des garçons.

Rendue au dernier, Fiona eut une pensée pour Tamira. "Je suis désolée, ma chère petite." Une larme trouva finalement le chemin de la liberté. Contre toute attente, Fiona elle-même fut surprise par cette évasion. Attrapant la goutte au vol, elle se mit à la regarder scintiller dans la paume de sa main, à la lueur de la dernière flamme des frères… Fiona leva les yeux, puis appliqua l'éteignoir sur la chandelle et se dit : "C'est fini."

Lorsqu'elle retira l'éteignoir, le ruban encore rouge reprit feu, tel un second souffle. Fiona fronça les sourcils et grognait entre ses dents. "Tu m'en auras fait pâtir jusqu'à la fin, toi."

Puis, elle répéta le geste avec l'éteignoir un peu plus longtemps, s'assurant ainsi d'avoir bien étouffé la mèche… Contre toute attente, comme si un miracle se produisait sous ses yeux, le liséré se ralluma… Fiona bondit en bas de l'escabeau pour s'écraser maladroitement au sol…

Aile-d'or, qui la vit s'effondrer, se précipita à son aide cette fois-ci… Glissant au sol pour l'assister à se relever, Aile-d'or s'attendait à recevoir une poignée de bêtises.

Remontant délicatement Fiona, Aile-d'or osa demander : "Est-ce que tout va bien?"

Fiona haussa la tête, les yeux humectés de larmes, et dit d'une voix chancelante : "Il est en vie… J'en suis sûre, il n'est pas encore parti… Il faut aller à sa recherche…"

Aile-d'or resta bouche bée. Il scrutait cette dame d'âge mûr que rien ne semblait ébranler, mais qui tout à coup paraissait brisée et remplie d'espoir en même temps.

Fiona tenta de se relever avec l'appui d'Aile-d'or. "Aïe…" laissa-t-elle échapper, se crispant légèrement, ce qui faillit la faire retomber au sol.

"Qu'avez-vous?" demanda Aile-d'or.

Relevant les yeux, le front en sueur, Fiona regarda Aile-d'or et dit : "Qu'attends-tu pour te presser? Allez vite, aide-moi à rejoindre Ducan et Tamira."

Aile-d'or la regarda exaspérer. "Mais vous…"

Fiona ne lui légua pas une seconde pour finir sa phrase et l'interrompit. "Est-ce que j'ai l'air d'une première fleur de printemps?" Sans lui laisser le temps de répondre encore une fois, elle lui donna une petite claque sur l'épaule en lançant avec empressement : "Allez… Allez… N'attends pas une nouvelle invitation de ma part, je suis trop vieille pour ça et je ne rajeunis pas avec la météo qui passe…"

Avec un faible sourire mal à l'aise, Aile-d'or s'assura de bien soutenir Fiona et se mit doucement en route en direction du bureau de Ducan. Fiona semblait ignorer autant que possible la douleur de sa foulure, infligée dans sa hâte.

Chapitre 7

L'héritage

Ducan était silencieux, fixant la boîte emballée qui reposait sur le bureau, dont la teneur le ramenait dans ses souvenirs.

Tamira, également muette, observait son père l'objet en question sur le bureau. Ducan se mit à caresser l'étoffe recouvrant la boîte. Elle croyait que le textile servait uniquement à cacher et protéger le contenu. Cependant, en voyant son paternel le contempler et la façon donc il le cajolait, elle réalisa qu'il y avait plus à découvrir à propos de ce simple morceau de tissu déchiré.

Intriguée, elle pencha légèrement la tête et observa attentivement les fibres. C'était un textile soyeux de couleur perle, on y distinguait une broderie mauve métallique. Quelques petites taches étaient visibles sur la trame. Il était évident que c'était un tissu d'une qualité exceptionnelle. Tamira approcha sa main pour le toucher à son tour et comprit qu'il s'agissait d'une soie rare, souple et douce. Mais à quoi pouvait-il avoir servi auparavant? Comment sa mère, si ordonnée et méticuleuse, avait-elle pu conserver une étoffe aussi élégante, mais en si piteux état? Quelle était l'histoire derrière cela qui semblait captiver autant l'attention de son père? Même si c'était autrefois un morceau de choix, il ne devait avoir qu'une valeur sentimentale maintenant.

Soudain, Ducan prit une profonde inspiration et commença à raconter. "Tu vois ce morceau de tissu?" N'attendant pas de réponse, il poursuivit. "C'était une partie de la robe de mariée de ta mère. Nous sommes partis faire une petite escapade entre la cérémonie et le repas, pour nous détendre un peu. Il avait plu la veille."

"Toc... Toc... Toc..."

On frappa à la porte du bureau.

Ducan se retourna pour aller refermer le couvercle du divan. Au moment où il abaissait le banc et qu'on entendait le clic du mécanisme, il répondit : "Oui, veuillez entrer."

Tamira, contrariée par le dérangement, décida de s'asseoir sur l'une des chaises en face du bureau.

Les portes s'ouvrirent en grand. Aile-d'or fit son apparition, tenant Fiona dans ses bras. Il avait jugé plus rapide de la prendre de terre plutôt que de simplement l'épauler. Malgré les contestations et l'indignation de Fiona qui continuait à grogner, on pouvait clairement voir qu'Aile-d'or avait opté de l'ignorer.

"OK! OK! Nous sommes arrivés, tu peux me poser par terre", dit-elle en franchissant le seuil de la porte.

Ducan, amusé, observa la scène sans dire un mot.

Fiona scruta autour de la pièce et aperçut le petit sourire qui se dessinait à l'horizon sur le visage de Ducan. Son regard se tourna immédiatement vers Aile-d'or et, sans s'en rendre compte, de facto, elle commença à rougir. Elle lui donna quelques coups sur l'épaule tout en continuant de protester. "OK! Ça suffit." Gémit-elle. "Je ne suis pas invalide. J'ai juste une cheville foulée. Repose-moi sur-le-champ."

Aile-d'or, à présent aux côtés de Ducan, le regarda et lui demanda banalement : "Me permettez-vous de déposer cette vieille chipie sur le canapé?"

Tamira, connaissant bien Fiona, ne put s'empêcher d'éclater de rire.

Ducan, toujours fixant Fiona, répondit : "Bien sûr, je ne voudrais pas t'infliger un tel fardeau plus longtemps."

"Merci", dit Aile-d'or en déposant délicatement Fiona, avec l'aisance d'un enfant manipulant une précieuse peluche. Il la regarda puis lui fit une révérence en ajoutant : "Tout le plaisir fut pour moi."

En se redressant, Aile-d'or remarqua que Fiona était encore gênée et décida d'en rajouter : "Vous voyez bien que cela a été plus rapide ainsi. Nous ne voulions pas rater votre anniversaire en raison de notre vitesse."

Fiona ouvrit la bouche puis la referma. Elle semblait réfléchir. Finalement, elle reprit : "Mon anniversaire, pour ta gouverne, n'est pas avant l'année prochaine, sache-le."

Aile-d'or, se retournant, lança une petite craque de plus, question de continuer à mettre de l'huile sur le feu. "Justement, il fallait aller plus rapidement pour arriver à temps." Croyant qu'il était hors de vue de Fiona, il fit un clin d'œil à Ducan qui, à son tour, éclata de rire.

Fiona ouvrit grand les yeux, sa bouche formant un "O", et l'unique chose qui en sortit fut un "Oh!"

Tamira tentait toujours de reprendre son souffle tandis que Fiona essayait de se contenir. Ducan, retrouvant lui aussi son air, essuya ses larmes de rire. Aile-d'or, droit comme un seul homme, était fier de son coup! Même en ces temps difficiles, il avait réussi à les distraire quelques instants.

Ducan regarda les deux intrus et demanda : "Qu'est-ce qui motive cette interruption?" Un léger sourire revenait sur son visage en les observant.

"Oh, oh, oui, oui… Il faut que je vous dise", répondit Fiona. Cependant, en tentant de se relever, la dame ressentie une douleur atroce lui parcourir l'échine et aussitôt qu'elle déposa le pied au sol, elle basculât à nouveau à la renverse sur le divan. "Ouuu… Ce n'est pas près d'être réglé cette vieille carcasse."

Aile-d'or fit mine de lui venir en aide, puis changea d'avis. Fiona lui lança alors : "Allez, aide-moi, jeune fainéant."

Aile-d'or, commençant à bien cerner le personnage, lui adressa un large sourire et rétorqua : "Avec plaisir."

Un peu à contrecœur, Fiona lui répliqua : "Merci."

Aile-d'or comprit à ce moment-là qu'il avait probablement gagné son amitié et que malgré son attitude exécrable et rabougrie, elle était reconnaissante. Il se contenta de hocher la tête en signe de réponse tout en aidant la dame à se remettre sur pied.

"Et puis?" demanda Ducan, curieux de connaître la raison de cette interruption. Tout en jetant un dernier regard sur l'héritage qui était resté sur son bureau, il fit un léger soupir puis se dirigea pour s'asseoir, lui aussi, sur l'une des chaises rondes au côté de Tamira afin d'écouter le récit de Fiona.

Fiona, ayant raconté tout ce qu'elle avait traversé dans le hall tout en omettant le sermon qu'elle avait fait, conclut en disant :"… Je suis certaine que le petit est encore vivant… La flamme a refusé de s'éteindre à deux reprises, pas une, mais bien deux fois."

Ducan, n'étant pas du tout superstitieux, caressait sa barbiche tout en réfléchissant aux probabilités de survie de son fils.

Tamira, quant à elle, repassait dans sa tête le récit de Fiona et ne voyait que sa conviction. Son frère jumeau est toujours en vie. Quelque part, peut-être en sécurité, peut-être en détresse… Elle se dit à elle-même : "Il faut y aller. Je dois m'y rendre impérativement, le temps pourrait nous être compté."

Puis, une voix résonna dans sa tête. "Prends une respiration… Nous ne pouvons pas nous précipiter *tête baissée*." C'était les paroles de Noxys, qui avait suivi les réflexions de Tamira.

Tamira s'apprêtait à répondre à Noxys lorsque tout à coup un bruit les fit tous sursauter. Il provenait de la boîte posée sur le bureau. Quelque chose venait de sauter à l'intérieur et avait frappé les parois en bois.

Unanimement, tous se tournèrent vers le son.

Aile-d'or et Fiona étaient perplexes quant à la cause de ce bruit. Tamira, pour sa part, eue comme réflexion. *"Cela ne peut pas être un animal, il aurait tôt fait de périr depuis le temps."*

Ducan se leva en disant : "Ah oui, l'héritage." Un petit sourire se dessinait sur son visage.

Et une fois de plus, ils sursautèrent tous lorsque la boîte fut à nouveau frappée. Mais cette fois-ci, ils entendirent non seulement le bruit du bois, mais aussi celui du métal qui s'entrechoquait.

Ducan enleva délicatement le tissu qui cachait la boîte. "Tamira, approche-toi", dit-il en même temps.

Tamira se leva et rejoignit son père, tandis que la curiosité se lisait sur les visages des autres personnes présentes.

Ducan retira le crochet qui maintenait le couvercle et commença à l'ouvrir lorsque quelque chose frappa à nouveau à l'intérieur, les prenant tous par surprise. Dans sa précipitation, Ducan laissa échapper le clapet qui se referma bruyamment. La boîte était en acajou, avec une légère teinte rouge vin. Une délicate rose finement sculptée en or ornait le rabat. Une inscription disait : "Forgées dans le feu de l'amour, ensemble nous oblitérons les obstacles. Rien n'est plus fort que le lien familial uni."

Tamira reconnaissait le travail de son père sur le coffre, mais elle se demandait ce qu'il pouvait bien contenir.

Ducan, reprenant le coin du couvercle, s'apprêtait à l'ouvrir…

"Fiona…"

On entendit une voix à bout de souffle crier en provenance du corridor.

La voix reprit de plus belle. "Fio...!" L'intonation s'interrompit brusquement ainsi que les bruits de course, laissant place à une quinte de toux puissante.

"Est-ce que tout va bien?" demanda un autre individu.

Le toussage se calma et répliqua. "Oui! Oui! Avez-vous vu ma femme? Je la cherche… On m'a dit qu'elle était blessée et qu'on l'avait aperçu transporter par Aile-d'or."

La seconde voix affirma. "Oui, elle est dans le grand bureau avec Ducan et Tamira."

"Merci… Mer…" Et le toussotement reprit de plus belle.

Fiona regarda Aile-d'or et lui lança : "Tu vois tout le remue-ménage que tu as causé. Tu risques d'achever mon pauvre mari avant moi avec tes sottises."

Aile-d'or, ne sachant pas quoi répondre, haussa simplement les épaules.

Le vacarme de Lucien qui courait à toute vitesse dans les couloirs revint. Ducan, s'attendant à le voir surgir à tout moment dans la pièce, poussa un soupir et retira sa main du coffre pour se tourner vers l'entrée.

Tamira, quant à elle, glissa ses doigts sur le couvercle lustré qui avait été soigneusement laqué pour lui donner un aspect vitreux, suivant les fines lignes d'or incrustées qui ornaient le contour.

Lucien, malgré son essoufflement, fit une entrée fracassante dans le bureau. Tamira, totalement absorbée par le travail méticuleux sur le coffre, ne prêta aucune attention à lui.

"Fi… Fi…" Lucien cherchait son air, plié en deux, les mains sur les genoux, comme une vieille machine à vapeur en train de siffler de l'huile. Une très vieille machine à vapeur, il faut le dire…

"Quoi?" réagit Fiona de son ton habituel. Ne laissant pas le temps à Lucien de regagner son souffle, elle continua. "Allez, le vieux, qu'est-ce qui te prend de t'énerver ainsi?"

Lucien tenta de recouvrer son souffle et, tout en toussant, réussit tant bien que mal à répondre : "On m'a dit que tu étais blessée."

"Où vas-tu pêcher ces sottises? Je me suis juste étiré les chevilles comme une jouvencelle sur le dos d'une tortue", répliqua Fiona en faisant une petite grimace et en tirant la langue à son mari.

Fiona s'apprêta à articuler autre chose lorsqu'elle entendit Tamira pousser un cri strident de surprise. Tous se retournèrent vers elle, n'ayant pas entendu le bruit provenant de la boîte à cause de l'agitation provoquée par l'arrivée de Lucien. Tamira, qui avait reculé d'un pas, tenait l'extrémité de ses doigts dans l'autre main, comme si quelque chose les avait pincés.

Tamira, visiblement incertaine en raison de la stupeur, enligna son parent et demanda : "Père, pouvez-vous mettre fin au suspense et nous dire ce qui peut bien sauter dans cette boîte? Vous n'auriez pas osé y mettre un animal, n'est-ce pas?"

Ducan éclata de rire face au regard indigné de sa fille, suivi par les autres présents dans la pièce. Il répondit en rigolant : "Non, non! Bien sûr que non, ne t'inquiète pas." Et d'un geste prompt, il ouvrit le couvercle.

Un objet jaillit immédiatement dans les airs en direction de Tamira. Pris par surprise une nouvelle fois, tous reculèrent d'un pas. Cependant, Ducan eut un réflexe suffisamment rapide pour attraper le fugitif au vol. Dès qu'il l'eut en main, il l'approcha de lui et appuya sur un minuscule bouton dissimulé.

Tamira comprit aussitôt ce dont il s'agissait. Bien qu'elle ne l'ait jamais vu auparavant, elle le reconnut facilement d'après les récits qui lui avaient été racontés depuis son enfance.

Elle demanda alors à son père : "Est-ce que c'est la fameuse cuillère que tu avais confectionnée pour maman? La cuillère sautillante?"

Ducan, arborant un grand sourire, affirma : "Oui, Tamira. Ç'a toujours été mon invention préférée. Cependant, elle a toujours eu un défaut."

Tamira, curieuse, demanda : "Mais quoi donc?"

"Le mécanisme d'activation est trop sensible. Si on l'accroche le moindrement, il s'active", répondit Ducan *superficiellement embarrassé.*

Aile-d'or, ayant laissé Lucien prendre sa place à côté de sa femme, s'était légèrement rapproché pour mieux voir et s'exclama : "Oh wow! Quelle œuvre d'art!"

Les yeux grands ouverts, la bouche entrouverte et l'exclamation qu'affichant d'Aile-d'or attira l'attention de Tamira. Elle remarqua que son regard était dirigé vers la boîte, et non pas vers l'invention. Tamira tourna également sa tête vers l'intérieur du coffre, qui était manifestement beaucoup trop grand pour une simple petite cuillère.

Tamira, à son tour, laissa sa mâchoire succomber à une défaillance musculaire. La bouche grande ouverte, les yeux pétillants, elle n'arrivait pas à trouver les mots. La seule pensée qui lui vint à l'esprit fut : "Mais d'où sort ce trésor, cette œuvre d'art phénoménale? C'était à maman ça?"

Noxys lui demanda par la télépathie : "Que se passe-t-il, Tamira?"

Tamira lui renvoya tel un cri strident, on pouvait sentir sa fébrilité. "C'est une œuvre faite par mon père. *Vite, viens voir ça...* Il faut absolument que tu voies cela."

Noxys, qui tournoyait dans le ciel depuis un certain temps, tentait des descentes en chute rapide pour s'arrêter brusquement, comme l'avait fait Avalon plus tôt dans la journée avec Tamira. Cependant, elle ne parvenait pas à reproduire cette chute libre sans s'écraser au sol à quelques reprises. Les récents sursauts de Tamira ne facilitaient pas sa concentration, tout comme le fait de ne pas être habituée à devoir coopérer avec une seconde voix dans sa tête, pouvant surgir à tout moment sans préavis. Elles devaient trouver un moyen de contrôler ce don.

Noxys s'apprêtait à faire une dernière tentative lorsqu'elle ressentit un sentiment d'admiration émanant de Tamira. Noxys demanda à Tamira : "Que se passe-t-il, Tamira?"

"... Vite, viens voir ça... Il faut absolument que tu voies cela."

Tamira réclamait sa présence, obligeant Noxys à faire volte-face pour se diriger vers les bureaux de Ducan.

Avalon, qui la vit changer de cap, vint la rejoindre.

"Que fais-tu, Noxys? Ne me dis pas que tu abandonnes déjà?" demanda-t-il en arrivant à sa hauteur. Il se mit à faire des tonneaux en plein vol, tout en suivant Noxys, tel un jeune dragon qui s'amuse à découvrir ses ailes pour la première fois.

"Non, non. Je vais simplement rejoindre Tamira qui m'a appelée." Au même moment, Noxys se mordit la langue... Venait-elle de révéler leur nouveau secret maladroitement?

Avalon fronça un sourcil curieusement en sa direction. Il se demanda, l'espace d'un instant, comment diable elle aurait pu l'appeler. Il l'avait observée pendant les dernières heures de pratique. N'y prêtant pas plus d'attention, il enchaîna : "Tu sais que tu y es presque."

Surprise par sa réplique, Noxys lui lança un regard désapprobateur et dit : "Tu te payes ma tête, je n'ai cessé de m'écraser dans le coussin de foin."

Avec conviction et d'un ton rassurant qu'il puisse s'imposer, il répondit : "Non, non. Je te le jure sur ma barbichette. Si seulement tu avais plus confiance en toi. Il te suffit d'un coup ferme, très près du sol, pour retourner la pousser et reprendre de l'altitude. Il ne faut pas intervenir trop tôt et tu vas ralentir d'un coup. Tu y es presque, un peu plus de confiance et tu l'auras."

Avalon remarqua que Noxys semblait à peine l'écouter d'une oreille. Il lui demanda donc : "Que se passe-t-il avec Tamira qui te presse autant?"

Noxys répliqua : "Tamira souhaite que je voie une sorte d'œuvre d'art qu'elle dit être un héritage de sa mère, quelque chose de la sorte."

Avalon ralentit légèrement et posa sa patte sur sa barbiche en émettant un commentaire qui intrigua encore plus Noxys : "Ahhh, oui… L'œil du dragon! Je vois… Aujourd'hui, elle va enfin l'obtenir. C'est un très grand jour." Et dans un élan vif, Avalon prit une vitesse fulgurante en criant : "Vite, vite Noxys, tu t'en voudrais de manquer ça!"

Noxys, toujours perdue face aux réponses évasives d'Avalon et de plus en plus perplexe, cria dans son sillage : "L'œil de quoi? Du dragon? De quoi parles-tu?"

Noxys avait pris du retard en raison de ces questions qui figuraient jusque dans son expression faciale. Sans s'attendre à une explication, elle tenta de rejoindre Avalon. N'étant pas encore aussi expérimentée ni aussi puissante que lui, elle ne put que s'efforcer de le talonner.

"De quoi pouvait-il s'agir pour qu'Avalon soit si pressé?" se demanda-t-elle.

Avec un ultime essai, elle cria : "Avalon, pas si vite!" juste avant de perdre de vue son ainé qui s'engouffra dans l'une des entrées réservées aux dragons au sommet du domaine.

"Tamira, cela semble être toute une histoire à en juger par la hâte d'Avalon. J'ai du mal à le suivre, ce vieux fou…" lui dit-elle par la pensée tout en s'engouffrant à son tour dans l'ouverture.

"Viens vite, Noxys, tu dois absolument voir ça!" Lui répondit tout bonnement Tamira mentalement.

"Tamira, décris-moi ce que c'est," lui transmit Noxys en se hâtant à travers les couloirs.

Ducan déposa la cuillère près de la boîte, souriant à sa fille, puis plongea ses mains dans le coffre.

Le temps semblait ralentir pour Tamira, ou était-ce, en fait, Ducan qui bougeait au ralenti. Tamira n'en était pas certaine.

Tamira se mit à décrire à Noxys l'extérieur de la boîte tel qu'elle la voyait, puis, se concentrant sur son contenu, elle continua : "Un velours rouge comme je n'en ai jamais vu, forme un écrin. Il y a deux fourreaux en cuir tressé avec des motifs qui ressemblent au cœur d'un arbre, des rayures vertes et mauves sur un fond beige. Sur le côté du fourreau, des franges d'une teinte beige foncé à noir charbon pendent, comme si le cuir avait été brûlé par un feu éternel. C'est à couper le souffle. *Père s'apprête à la ramasser.*"

Noxys, visiblement à bout de souffle, courait la dernière ligne droite dans le couloir quand elle vit Avalon déjà à l'entrée du bureau, appuyé sur le montant de la porte, immobile, scrutant à l'intérieur.

Ducan, au même moment, souleva la pièce maîtresse de la boîte sans détourner les yeux et annonça : "Tamira, je te présente l'Œil du Dragon."

Juste à ce moment, Noxys parvint à l'ouverture en disant avec peine : "Je suis enfin là."

Tamira détourna brièvement son regard vers la porte pour voir Noxys surgir.

Avalon lâcha entre ses dents un petit. "Chut…" À Noxys avec une expression sévère.

Ducan, quant à lui, ne se laissa pas distraire. Tout en soulevant l'artefact et en se dirigeant vers Tamira, il entreprit des explications d'un ton presque cérémonial : "Cette épée a été forgée à partir de l'acier le plus dur du monde connu. Elle renferme les larmes les plus pures et les plus rares des dieux, qui lui confèrent ces vagues de couleurs arc-en-ciel sur un fond métallique étincelant."

Tamira contemplait avec émerveillement tous les détails et les gravures le long de la lame. Elles étaient légèrement en creux, d'une teinte légèrement plus sombre, comme si une ombre les remplissait, peu importe l'angle de la lumière. La garde était en or orné, tout comme la boîte, et le manche en bois était partiellement recouvert du même cuir que les fourreaux. Près de la manche, sur la lame, une pierre ovale parfaitement lisse traversait d'un côté à l'autre, semblant abriter une forme d'œil de dragon.

Ducan tendit l'épée à Tamira, la tenant des deux mains, les extrémités ouvertes, et lui dit : "La pierre de cette arme est un diamant d'une pureté inégalée. Elle a été creusée pour la rendre aussi légère que possible, puis remplie des trois éléments de la vie : l'eau, le sang et la terre. Pour une raison inconnue, ces trois éléments se sont arrangés d'eux-mêmes pour former l'apparence d'un œil de dragon. C'est de là que vient son nom. Le pommeau est une rose, tout comme ta mère l'était."

Ducan leva enfin les yeux de l'épée et contempla Tamira avec un tendre sourire et une larme qui s'était échappée sans que personne ne s'en rende compte, et réitéra : "C'était l'épée de la première Dragonnière. Maintenant, elle est tienne dès à présent, ma fille."

Tamira ne comprenait pas. Elle admira l'épée, puis détourna son regard pour fixer la boîte où les deux fourreaux étaient restés, accompagnés d'une dague ayant la même apparence que sa jumelle. Après quelques instants, elle regarda son père pour l'interroger : "Mais père… Mère n'était pas une Dragonnière, il n'y a jamais eu de Dragonnière auparavant."

Ducan, avec un sourire en coin, répondit : "Je t'ai toujours répété que tu avais plus en commun avec ta mère que ce que tu imaginais."

Noxys n'en croyait pas ses oreilles… Avait-elle bien compris?

Avalon s'approcha de Noxys et lui murmura : "Allons, Noxys, laissons-les. Ils ont tant de choses à se dire." Il fit signe aux autres intrus de les suivre, laissant Tamira et Ducan seuls à nouveau, dans l'intimité.

L'Horizon où tout commence.

Tamira se tenait assise sur la balustrade du balcon juste à l'extérieur du bureau de son père, le dos appuyé contre la poutre qui soutenait le toit surplombant cet endroit connu sous le nom des remparts des guerriers. D'innombrables décisions avaient été prises sur ce balcon au cours des âges.

La journée avait été longue et pleine de rebondissements. Presque tout le monde était maintenant parti se coucher, à l'exception de quelques serviteurs qui s'affairaient ici et là dans le domaine. La nuit touchait à sa fin, mais il était fort probable qu'un bon nombre d'entre eux fassent la grasse matinée, étant donné que de diverses discussions de part et d'autre s'étaient poursuivies tout au long de la nuit.

L'épée dans sa main, Tamira contemplait son éclat. Malgré sa longueur, elle ne ressentait aucune résistance dans ses mouvements. Cette magnifique œuvre d'art semblait défier la logique par sa légèreté.

Avec Noxys qui dormait à poings fermés, Tamira pouvait enfin avoir ses réflexions rien que pour elle, pour la première fois depuis l'avènement de la muraille. Bien qu'elle ne déteste pas cette nouvelle capacité, elle la trouvait également déconcertante, une sorte de bousculade de pensées qui n'étaient pas toutes les siennes. À quelques occasions, cela avait été étourdissant.

Une voix se fit entendre de l'autre côté du rideau dans le bureau. "Madame, puis-je me permettre?"

Tamira reconnut le timbre de Feragil. Il était resté en position de garde toute la nuit, prêt à intervenir au cas où elle aurait besoin de quoi que ce soit.

Le soleil se levait et il pensait qu'il était temps de l'aborder.

"Oui, Feragil", répondit Tamira.

"Vous semblez perplexe", lui dit-il.

Tamira le regarda d'un air déconcerté, puis pointa la statue dans le coin du balcon. "Toutes ces années, toutes ces histoires héroïques sur le grand Dragonnier de l'Œil qui a aidé mon père dans toutes ses aventures, et le fait que nous ayons même érigé un colosse en son honneur à l'entrée du bureau de ce balcon… c'était, ma mère. Et on m'a caché cela toute ma vie."

Feragil s'approcha et s'assit en face d'elle sur le rempart.

D'un ton chaleureux, il tenta de la réconforter. "Cela s'est passé il y a de nombreuses années. Ta mère et ton père s'aimaient à ce point qu'ils ne voulaient pas être séparés. À cette époque, et encore aujourd'hui, il était mal vu pour une femme de s'engager dans ce type d'aventure."

Tamira acquiesça d'un signe de tête. "Oui, je sais. Même pour moi, cela sera mal pris."

Feragil continua. "Très peu de proche étaient au courant de cette situation. Il y avait au maximum douze personnes qui connaissaient la véritable identité du Dragonnier de l'Œil. Cependant, malgré cela, personne ne pouvait rivaliser avec elle, sauf peut-être ton père. Et rien ni personne ne pouvait les séparer, à moins de deux choses dans la vie."

Tamira eut un air surpris face à cette dernière révélation.

"Elle aurait suivi ton père jusqu'au bout du monde si ce n'avait été pour ses enfants et la mort elle-même", poursuivit Feragil.

Feragil empoigna la dague qui était sur le rempart et la fit tournoyer entre ses doigts avec une agilité extrême. Il regarda Tamira d'un air sérieux, arrêtant brusquement la lame en mouvement, puis il poursuivit : "Que ta mère soit considérée comme la première Dragonnière ou simplement un dragonnier comme relaté dans les récits, cela te revient de décider. Tu as tout autant la possibilité de devenir la première Dragonnière. C'est à toi de choisir de rendre hommage à l'épée que ton père a forgée et à la femme qui l'a maniée."

Tamira observa le lever du soleil et répondit : "Une autre belle journée semble se lever à l'horizon. J'ai annoncé à mon père que je partirai à la recherche de mon frère, et il sait qu'il ne pourra pas m'en empêcher. Je tiens trop de lui, après tout."

Elle regarda Feragil, plongée dans ses pensées. Elle devrait affronter l'inconnu dans les jours, les semaines, voire les mois à venir, et faire face aux stéréotypes associés à assumer le rôle de la première dragonnière.

Feragil sourit et déclara : "Je le sais, madame, et je vous accompagnerai également, c'est non négociable, ordre de votre père." Il tendit le manche de la dague à Tamira et ajouta : "Vous possédez l'épée, mais il vous manque l'armure, madame."

Tamira se tourna vers le soleil levant, suivie par Feragil. Il adopta une voix enjouée pour conclure : "Oui, je dirais même qu'une très belle journée commence à l'horizon."

Tamira resta un bon moment face au soleil levant, contemplant le spectacle en silence en compagnie du Mains-de-Fer.

À suivre...

www.Lios-art.com

Admin@lios-art.com

Édition ScriptoSeptique

9 781777 062446